シェイクスピア 作

大場建治 訳

研究社シェイクスピア・コレクション 6

ジューリアス・シーザー

研究社

目次

ジューリアス・シーザーの悲劇

登場人物

ジューリアス・シーザー
マーカス・ブルータス
ケイアス・キャシアス
キャスカ
トレボーニアス
ケイアス・リゲイリアス
ディーシャス・ブルータス
メテラス・シンバー
シナ

シーザー暗殺の共謀者たち

オクテイヴィアス・シーザー
マーカス・アントーニアス
マーカス・イミリアス・レピダス

シーザーの死後の三執政官

登場人物

シセロー
パブリアス
ポピリアス・リーナ　元老院議員たち

キャルパーニア　シーザーの妻
ポーシャ　ブルータスの妻

フレイヴィアス
マレラス　護民官たち

アーテミドーラス　ナイダス生れの修辞学の教師
予言者
シナ　詩人
もう一人の詩人

ルーシリアス
ティティニアス
メサーラ
青年ケイトー　ブルータスとキャシアスの味方で彼らの隊の将校たち

ヴォラムニアス
ヴァラス
クローディオ
クライタス
ダーデイニアス
　　ブルータスとキャシアスの隊の兵士たち

ルーシャス
ストレイトー
　　ブルータスの召使

ピンダラス
　　キャシアスの召使

平民たち
シーザーの亡霊
元老院議員たち、従者たち、召使たち、兵士たち、使者

［第一幕第一場］

護民官のフレイヴィアスとマレラス登場。平民たち数名舞台を歩き回っている。

フレイヴィアス　帰れ、帰れ、この怠け者めらが、さっさと家に帰れ！
今日は休みの日か？　え、賤《いや》しい職人のくせに、
ちゃんとした仕事日《び》に、仕事のしるしも
持たずにぶらぶら出歩いてよいと
思っているのか。おい、きさまは何の職業だ？

大工　へい、大工で。

マレラス　革の前掛けに定規、え、それはどこにある？
一張羅《いっちょうら》の晴着なんぞ着込んで、いったい何の気だ。
おいこら、お前さんは何のご商売かね？

靴職人　それが旦那、りっぱな職人衆に比べれば手前なんざまったくしがない足の底
の職人でございまして。

マレラス　だから何商売かと聞いておる。まっすぐ答えろ。

靴職人　そりゃ旦那、これでも良心にやましいところのないまっすぐな商売でございますよ。よろしいかな、悪くなった底の辺を心底《しんそこ》から直してさし上げますんで。

フレイヴィアス　いいか、商売を言え。ぺちゃくちゃうるさいやつだ、商売は何なのだ?

靴職人　旦那、そんなに堪忍袋を破っちゃなりませんですぜ、底が破れたとなりゃっくろってさし上げましょう。

マレラス　なにを、このおれの堪忍袋を繕おうってのか!

靴職人　なあに、靴が破れたら繕おうってんで。

フレイヴィアス　ならお前は靴職人か?

靴職人　へい、旦那、たったの錐《きり》一本で暮しを立てておりますんで。立った錐たって他人《ひと》さまの大事な商売を突っついたり、女子衆《おなご》の大事なあそこを突き通したりはいたしませんとも。それでもまあたったたったの錐一本、古靴の医者ってことで通っております。靴が危篤でぱっくぱっくになりましたら手前が生き返らせて進ぜましょう。足に鞣革《なめしがわ》の靴をお召しになっているお歴々は、ま、皆さま、手前の手の仕事でお歩きになってるような具合で。

フレイヴィアス　なら何で今日は仕事場を離れた？　何でこの連中を引き連れて町をうろついておる？

靴職人　そりゃ旦那、こいつらの靴の底をすりへらせば、それだけ商売繁昌。とまあ、冗談はさておき本当のところはシーザーさまのお出迎え、凱旋《がいせん》行列のお祝いにと仕事休みの日にしたようなわけでございます。

マレラス　何がお祝いだ！　シーザーがいったいどんな戦利品を持って帰る？　凱旋の戦車の飾りに身代金の捕虜の列、ここローマまで鎖《くさり》に繋《つな》いで連れて帰るとでもいうのか。お前らは木か石か？　いや木石の方がまだ柔らかで情がある。お前らの心は固く干からびてもう知らんぷりか、この冷酷なローマ人どもめ、忘れたのかあのポンペーを。繰り返し繰り返し、お前らはあっちの城壁、こっちの胸壁によじ登って、塔という塔、窓という窓、そうだ、煙突のてっぺんまで、子供を腕に抱きかかえ、日がな一日、

ただじいっと坐って待ち続けた、
大ポンペーの凱旋の行列をひと目見ようとしてな。
それで、戦車の影がちらとでも現れようものなら、
なんと町じゅうがもう一斉に歓呼の叫びだ、
そのどよめきはタイバー川の長堤に反響して、
さすが洋々の大河の水も思わず波打って震えたほど、
流れに円《まる》くえぐられたあの両岸の内側が谺《こだま》の役。
なのにお前らはその晴着姿なのか、
なのにお前らはわざわざ休日を選び取ったのか、
選び取った祝賀の花をお前らはあの男の道に撒《ま》こうというのか、
ポンペーの血を分けたその血を流した男の凱旋なのだぞ。

とっとと帰れ!
家に駆けて帰って跪《ひざまず》いて神々に祈れ、
この忘恩に必ずや降りかかる疫病の禍《わざわ》いを
どうか押しとどめて下さるようにと。

フレイヴィアス　さあ行け、行け、もうわかっただろう、この罪滅《つみほろ》ぼしに貧しい仲間たちを全部かき集めてタイバーの岸辺に連れて行け、川の流れに涙を注ぐのだ、いちばん低い川の流れがいちばん高い川の堤に口づけをするまでに。

［平民たち全員退場］

卑しい地金《じがね》のあいつらもどうやら心を動かされたとみえる、罪の深さに押し黙って消えて行った。
君はあっちの道をキャピトルの神殿の方に行ってくれ、ぼくはこっちへ行こう。シーザーの像になにか妙な飾りでも見つけたら引っぺがしてくれ。

マレラス　構わんのかな？
今日は君、ルペルクスの祭りの日だぜ。

フレイヴィアス　構わんとも。彫像にシーザーの栄誉を讃える飾りものなど掛けさせてなるものか。これから巡回して町をふらつく平民どもはみんな追い払おう。
君もそうしてくれよな、きっとわんさ集まっているぞ。
シーザーの翼に生え育つ羽根を今のうちに
むしっておけば、あいつも人並みの高さにしか飛べない、
放っておいてみろ、鷹《たか》はおれたちの目の届かぬ高みに舞い上がって、
いつ降りてくるか、おれたちはびくびく奴隷の恐怖だ。

［両人退場］

［第一幕第二場］

シーザー、競走の身支度をしたアントニー、キャルパーニア、ポーシャ、ディーシャス、シセロー、ブルータス、キャシアス、キャスカ登場、群衆続く。群衆の中に予言者。

シーザー　キャルパーニア。

キャスカ　一同静粛、シーザーが語るぞ。

シーザー　キャルパーニア。

キャルパーニア　はい、ここにおります。
シーザー　ちゃんとアントーニオの走る前に立つのだぞ、
　あいつも走り手の一人だ。アントーニオは？
アントニー　はい、シーザー。
シーザー　いいかな、走るのに夢中でキャルパーニアに
　さわるのを忘れないでくれ。古老たちも言っている、
　石女《うまずめ》が今日の祭日の競技で走り手にさわってもらうと
　不妊の呪いが落ちると。
アントニー　　　　　　　　けして忘れません。
　シーザーがこうと命じられれば果たされたも同然。
シーザー　始めよ。古式どおり手落ちのないように。
予言者　シーザー！
シーザー　や？　だれだ、呼ばわるのは？
キャスカ　騒ぎを静めろ。もう一度静粛。
シーザー　わたしを呼んだのはだれだ、この集まりの中から。

確かに聞こえた、どんな楽の音《ね》よりも鋭い声で
シーザーと叫んだ。さあ話せ、シーザーが耳を傾ける。

予言者　三月の十五日に気をつけなされ。

シーザー　何者だ、あれは？

ブルータス　予言者です、三月十五日に気をつけよと。

シーザー　わたしの前に立たせろ。顔を見ておきたい。

キャシアス　お前だ、そこから出てこい。シーザーにお目通りしろ。

シーザー　お前、いま何と言った？　もう一度言え。

予言者　三月の十五日に気をつけなされ。

シーザー　夢でも見ているとみえる、放っておけ。さあ行こう。

［セネット調のトランペットの吹奏］

［ブルータスとキャシアスを除き全員退場］

キャシアス　君は競技の様子を見に行かないのか？

ブルータス　行かない。

キャシアス　ねえ、見てこいよ。

ブルータス　ぼくは勝負ごとが好きになれない。ぼくはね、どうもアントニーのような快活な気性に欠けているらしい。だが君が行きたければどうぞ。邪魔はしないよ。ぼくは失礼するから。

キャシアス　ねえブルータス、ぼくはだね、最近君を観察してきて思うのだが、以前のような優しさというか、前にはよく見せてくれた親愛の情がだね、君の目から消えてしまったような気がする。そんなかたくなな、よそよそしい手綱《たづな》は、せっかくの親友を御するにふさわしい態度とはとても言えんな。

ブルータス　　　　　　　　　いや、キャシアス、誤解しないでくれ。ぼくがよそよそしくみえるとしたら、その仮面はおそらくぼくの苦悩の表情をもっぱら自分自身の内面に向けようとしているためだと思う。じつはね、苦しんでるんだよ最近のぼくは、相反する感情の相克のために、それはあくまでもぼく個人の心の問題なんだがね、それがきっとぼくの行動に暗い影を落としているのだろう。
だが、それだからといって、親友たちに心配してもらっては困る、
君も親友中の親友なんだからね、キャシアス——
もちろんぼくのなおざりな態度を大げさに取ってもらっても困る、
要するにあわれブルータスは自分自身と戦っている、周りに
友情を示すのを忘れている、ただそれだけのことなのだから。

キャシアス　そうかブルータス、ぼくは君の心中を見誤っていた、
見誤っていたがために、ぼくの方でも、ぜひとも聞いてもらいたい
重大な考えを、ここ胸中深くにしまい込んでいた。
どうかねブルータス、君は自分の顔を見ることができるか？

ブルータス　それはできんよキャシアス、だって目が目自体を見ることは
できん、なにかに映してはじめて見える、なにかがなければ叶《かな》わん。

キャシアス　正解だよ。
で、ブルータス、これはひどく残念なことなんだぜ、
君が君の隠れた価値をだね、君自身の目にはっきり

映し出す鏡を持たないってことは、鏡があれば
自分の本当の姿が見えるだろうに。ぼくはこれまでずいぶん
耳にしてきたよ、ローマで最高と目されている多くの人たちが、
ま、シーザー大明神は別口として、ブルータスの名前を
口ぐちに、時代の束縛のもと悲憤慷慨《こうがい》、ああああの
高潔なブルータスに目があったらなあと嘆いているのを。

ブルータス　キャシアス、君はどんな危険に引き込もうというのだ、
われとわが心の底の底まで探ってみたところでないものはない、
ないものねだりはよしてくれ。

キャシアス　だからいいかね、ブルータス、どうか聞いてくれたまえ、
それは確かになにかに映して見ない限り自分の姿が
はっきりと見えはしない。ならこのぼくが君の鏡になって
君自身の知らない真実の君の姿を
君の前にありのまま見せてやろうじゃないか。
いや疑ってかかってもらっては困るぜ。

ぼくはこれで世間の笑われ者ではないつもりだ、
友人と言われようものなら大喜び、こっちも安酒場並みの誓いを
振りまいて友情の安売りをする、そんな男とはわけが違うよ。
しっぽを振ってじゃれつくわ、大げさに抱きつくわ、後でその背中に
陰口叩《たた》くのをぼくから聞いたことがあるか、宴会となると駆けつけて
集まった有象無象ともう親友同士、そんなぼくを見かけたことが
あるか。あったらぼくを危険視したまえ。

［ファンファーレと歓声］

ブルータス　あの歓声は？　まさかシーザーが民衆から
王に選ばれたのでは。

キャシアス　そうか、君も心配か。
それではそうなっては困ると君は思っている。

ブルータス　困るともキャシアス、もちろん彼への愛は人後に落ちないが。
だがなんだって君はこんなにぼくを引きとめるのだ、
いったいこのぼくに何が話したいのだ？

それは公共の利に適うことなのか?
なら一方の目に名誉を、他方の目に死を置きたまえ、
ぼくは両者を平然と見比べよう。
神々も照覧あれ、名誉の名をこそ取れ、
わたしは死をけして恐れはしない。

キャシアス　君の心中のその勇気はぼくにはわかっている、
君の外観以上によくわかっているよ、ブルータス。
それだよ、その名誉が今度の話の主題なのだよ。
君やほかのだれかれがこの世の生というものをどう考えているか、
それは知らん。だがぼく一個人に関する限り、
ぼくと変らぬ同じ人間を畏怖しながら生きるくらいなら
ぼくは即刻命を絶つ方を選び取る。
ぼくはシーザーと同じ自由な市民の生れだ、君だって同じ、
二人と同じものを食べ、冬になれば二人とも同じ
寒さに耐える、これもシーザーと同じことだ。

22

あれはいつのことだったか、とにかく寒風吹き荒ぶ日だった。
タイバー川は逆波を立てて両岸を嚙《か》む、
と、シーザーは言った、「どうだキャシアス、おれと一緒に
この激流に跳び込んで向こうの突先《とっさき》まで
泳ぎきる勇気があるか？」。聞くなり
ぼくは着衣のままざんぶとばかり、
早く来いようしろに叫んだ。いや来るには来たよ。
うなりを上げる奔流の中二人はとにかく力の限り
流れに立ち向かった、寄せくる波を
押し分け進む不撓不屈《ふとうふくつ》の負けじ魂。
ところがだ、目ざす突先に泳ぎ着くその前に
シーザーが悲鳴を上げた、「助けてくれキャシアス、溺れる」。
そのときのぼくはイニーアスだよ、わがローマ民族の祖先、
炎上するトロイの火中から老アンカイシーズを肩にになって
救い出した、そうやってこのぼくがタイバーの川波から

ぐったり疲れきったシーザーを救った、え、その男がだ、
今や神さながら、そしてこのキャシアスはといえば
憐れや憐れ、シーザーがひょいと気のない会釈の一つも
しようものなら、平身低頭はいつくばらねばならぬ。
あいつは熱病にかかったことがあった、スペインで、
発作が起こるとこの目の前で震えが止まらなかった。
本当だとも、大明神ががたがた震え遊ばした、
唇は色を失って臆病風の敵前逃亡、
一瞥《いちべつ》全世界を畏怖せしめるあの炯々《けいけい》たる眼光も
どんより曇ったまるで節穴。ひいひいうめいたともさ、
そうとも、ひとたび口を開けばローマのだれもかれもが
恐れて耳を傾け、その一語一語がうやうやしく記録に残される、
それがなんと、「薬だティティニアス、なにか飲み薬だ」、
まるで病んだ小娘の悲鳴だよ。ああ神々よ、なんということだ、
あんな脆弱《ぜいじゃく》きわまる人間が

この広大雄大の世界を先駆けて
栄光の棕櫚《しゅろ》をひとりじめしている。

［ファンファーレ。歓声］

ブルータス　また歓声が上がったな。
あれほどの喝采はなにか新しい栄誉が
シーザーの頭上に重ねられたのに相違ない。
キャシアス　まったくなあ、世界狭しとばかりに両脚を広げた
あの姿はまるでコロッサスだよ、おれたち矮小《わいしょう》な人間どもは
あいつの巨大な足もとをうろつき回ってきょろきょろきょろきょろ
奴隷のわが身を埋めるみじめな墓穴を探している。
人間、ときあってみずからの運命を支配する。
下等な身分に甘んじている咎《とが》はだな、ブルータス、
星のせいではないぞ、みずからのせいだぞ。
ブルータスとシーザー。その「シーザー」にいったい何がある？
なんで彼の名前が君の名前よりも口ぐちにもてはやされる？

並べて書いてみたまえ、君の名前だってりっぱなものだ。
発音してみたまえ、口中まろやかに転がる。
秤《はかり》にかければ同じ重さ、呪文に唱えてみるか、
「シーザー」が精霊を呼び出せるのなら「ブルータス」も呼び出せる。
はてはて、いちどきに神々のすべての名にかけて訊《たず》ねよう、
いったいシーザーなる人物は何を食べてこれほどまでに
大きく育った。ああ現代よ、恥を知れ、恥を。
ああローマよ、高潔勇壮の血筋はとだえてしまったのか。
あの大洪水の太古以来、たった一人の人間にのみ
時代の名声が帰せられたためしがかつてあっただろうか。
ローマを語って、それその幅広い遊歩の道がただ一人の人物のために
町をめぐって敷かれていると断じた者がかつてあっただろうか。
まこと大ローマとはよく言ったものだ、ただの
一人の人間を納める広さで「大」の形容は恐れ入る。
ああ！　君も、そしてこのぼくも、父親から聞いてきたよね、

歴史にブルータスなる人物がいたと、このローマに
王の君臨することを唾棄《だき》すべき悪魔の君臨以上に絶対に
許そうとしなかったと。

ブルータス　君の友情、それは毫《ごう》も疑っていない。
君の説き勧めんとするところ、これもおよその見当はついている。
その問題に関するぼくの考え、また現在の時勢についても、
いずれ詳しく話す機会があるだろう。今のところは
君の友情のよしみに甘えてどうかお願いする、もうこれ以上の
説得は控えてくれないか。君の言ってくれたことは
よく考えてみるよ、また言い残したであろうことも言われれば
黙って聞くことにする。とにかくこの重大事については、
たがいに論じ合うにふさわしい時を待つとしよう。
それまではキャシアス、友人としてこう思っていてくれたまえ、
このブルータスは一介の田夫野人《でんぷやじん》の境遇に退くだろう、
ローマの子たるの虚名を甘受して

現時勢がわれらに課すであろう苛酷な状況を
便々として忍んでいるよりは。

キャシアス　　　　　　　うれしいよ、ぼくは、
ぼくの非力な言葉の火打石がブルータスの心中にこれだけ情熱の
火花を打ち出したのだから。

シーザーとその一行登場。

ブルータス　競技が終った、シーザーが戻ってくる。
キャシアス　キャスカの袖を引いてみたまえ、あの行列の。
きっと教えてくれるよ、例の皮肉な調子で
本日の重大ニュースを。
ブルータス　そうしてみよう。だが見てみたまえキャシアス、
シーザーの額《ひたい》に怒りの印が燃えている、
全員叱責《しっせき》された供回りのようだ。
キャルパーニアは頰《ほお》から血の気が失せている、それに

シセローも鼬《いたち》の目のように目が血走っている、
あれはキャピトルで元老院の議員たちから
反対を唱えられたときの目だ。
キャシアス　キャスカが事情を説明してくれるよ。
シーザー　アントーニオ。
アントニー　はい、シーザー。
シーザー　わたしの側近には太った男がいい、
髪に乱れのない、夜よく眠る男だ。
あのキャシアスは痩《や》せていかにもひもじげだ、
それにものごとを深く考え過ぎる。危険だな、ああいう男は。
アントニー　ご心配には及びませんよ、危険な男ではありません。
りっぱなローマ人で、気立てのいい人物です。
シーザー　それにしても痩せ過ぎだ。だが別に恐れておるのではない。
仮にこのジューリアス・シーザーにして、恐れをもって
臨むであろう者ありとせば、あの痩せこけたキャシアスなど

まず第一に避けるべき人物であろう。あの男は大の読書家だ。
大の観察者でもある。人間の行動の隅から隅まで
じいっと見通す。芝居は嫌いだ、
お前とは違うな、アントニー。音楽も聞こうとしない。
めったに笑わんし、笑ったとしてもそれは
自嘲の笑いというか、つまらぬことについ笑ってしまった
おのれの心を蔑《さげす》むような、そんな笑い方だ。
ああいう男は、自分より偉大な人物を見ると
きまって心が穏やかでなくなる。
だから危険だと言うのだよ、あの手合いは。
お前にこんな話をするのは恐れるべき相手を教えるためだよ、
わたしが恐れる話ではない。シーザーたる者に恐れなどありえない。
ちょいと右側に寄ってくれ、こっちの耳はつんぼだから。
どうだ、あの男に対するお前の感想、本当のところどうなのだ。

［セネット調のトランペット］

［シーザーとその一行退場。キャスカが残る］

キャスカ　さっきぼくのマントの袖を引いたが何か話があるのかね？

ブルータス　あるのだキャスカ、シーザーが妙に不機嫌な様子だったが、今日何かあったのかね？

キャスカ　なんだ、君は一緒じゃなかったのか？

ブルータス　一緒だったらわざわざ訊《たず》ねたりしないよ。

キャスカ　なにね、彼に王冠が捧げられた。捧げられると手の甲で、こんなふうにして押し返した。それで民衆がわあっと歓声を上げた。

ブルータス　二度目の歓声は？

キャスカ　なに、同じことだ。

キャシアス　三度歓声が聞こえたぞ。最後のは？

キャスカ　同じことだよ。

ブルータス　王冠が三度も捧げられた。

キャスカ　そうとも、そのとおりだとも、それを三度とも押し返した、いやいやながら、それがだんだんに見え見えになる。だがまあ、押し返すごとにわが正直なる同胞諸君が歓声を上げたさ。

キャシアス　だれが王冠を？

キャスカ　アントニーだよ。

ブルータス　その模様を話してくれないか、キャスカ。

キャスカ　模様もなにも話せるもんかね。あれはまったくの茶番だね。あんなふざけたお芝居を見てられるものか。とにかくマーク・アントニーが王冠を捧げた、いや本物の王冠じゃないよ、競争で頭に載っける例の月桂樹の飾りもの、その小道具を一度は押し返した、さっきも言ったとおりにね。押し返しはしたが、思うにどうにもほしくてならないらしい。するとアントニーのやつ、また捧げる、あいつもまた押し返す、だが押し返すその指先がいかにもいやいやげだ。それで三度目の献呈、三度目の拒絶。拒絶するたびに野次馬どもが叫びたてる、ひび割れした手を叩《たた》く、汗でぎとぎとの帽子を抛《ほう》り上げる、シーザーが王冠を拒絶したといっては臭い息をたっぷり吐き散らすものだから、シーザーの方でもきっと息がつまったんだね、気絶してへたへたと倒れてしまった。ま、ぼくとしてはだね、笑うわけにもいかんさ、ちょっとでも口を開いてみろよ、毒気を吸い込むことになる。

キャシアス　ちょっと待ってくれ、シーザーが気を失っただって?

キャスカ　広場のまん中で倒れ込んだ、口から泡を吹いて、まるでものも言えない状態さ。

ブルータス　ありうる話だ。シーザーには癲癇《てんかん》の持病がある。

キャシアス　いや、癲癇はシーザーじゃないよ、君も、ぼくも、それにキャスカも、みんな癲癇持ち、泡を食って倒れるってことさ。

キャスカ　君のそんな冗談に付き合う気はないよ。とにかくシーザーは倒れ込んだ。するとどうだい、あのぼろっ切れぶら下げた下層民ども、あれは芝居小屋で役者にするのと同じだよ、気に入りゃ拍手喝采、気に入らなきゃ野次り倒す、いやまったく信じられない。

ブルータス　それで意識が戻ったとき何て言った?

キャスカ　いやもう、倒れる前にだって王冠拒絶のお芝居が平民どもに大受けだと見てとると、いきなり上着の胸をはだけて、さあこの喉笛《のどぶえ》を掻《か》き切ってほしいと、こうだよ。このぼくが気の早い職人だったら早速お言葉どおりに受け取って、悪党どもに混じって今頃はもう地獄堕ちだ。ま、とにかくあの男はへたへたと倒れ込んださ。それで意識が戻ったときの言い草がいいじゃないか、もしもわが言動になにか不備が生じたとしたらば、なにとぞ諸氏にはそれもわが病いのためとどうかお許しいただきたい。するとぼくのすぐそばで若い娘が三、四人、「まあかわいそう、お病気なのね」だとさ。許すも許さないももう泣き出さんばかりだよ。まあたかが娘どもの話だからね、あいつら、シーザーに自分の母親がやられたって、お病気なのねでお許し遊ばすだろうよ。

ブルータス　それでその後あの不機嫌な顔つきで引き上げた?

キャスカ　そう。

キャシアス　シセローは何か言わなかったかい?

キャスカ　言っていた、ギリシャ語で。

キャシアス　どんなことを?

キャスカ　ぼくにギリシャ語がわかれば大したものだよ。ま、わかった連中はにやにや笑い合ってうなずいていたけどね、ぼくにはまるでちんぷんかんぷんさ。そうだ、もう一つ知らせることがあった。マレラスとフレイヴィアスがシーザーの像から飾りの肩帯を剝《は》ぎ取った罪でばっさりだよ。それじゃ失敬。茶番劇ならまだあるが思い出すのもいまいましい。

キャシアス　どうかねキャスカ、今夜一緒に夕食でも。

キャスカ　いや、外出の約束がある。

キャシアス　じゃ明日《あす》の昼食は?

キャスカ　承知した、ま、ぼくの方が生きていて、君の方が気が変らず、食事がまずくなければの話だがね。

キャシアス　大丈夫だよ、待っているよ。

キャスカ　待っててもらいましょう。じゃお二人とも。　〔退場〕

ブルータス　ずいぶん鈍い男になったものだ、あれで学校時代は鋭敏で活発な性格だったのに。

キャシアス　いや、今だってそうだよ、なにか思い切った、大義名分のある大仕事を実行するとなったら、あの鈍重な見せかけはさっと脱ぎすてるよ。無愛想な態度だって彼の知性に味を添えるいわばソースの役目だ、周りはいよいよ食欲をそそられて彼の言うことをそれだけ熱心に消化しようという気になる。

ブルータス　なるほどな。ではとりあえずこれで別れよう。
まだ話があるようなら明日《あす》にでも
ぼくが君の家に出向こうか。それともよかったら
君がぼくのところに来るか、待っているよ。

キャシアス　行くとも。それまで天下国家のことを考えておいてくれ。

［ブルータス退場］

さてブルータス、君は高潔な人物だ。だが君の
公明正大な気質にしたところで、その本来から外れた性向に
鍛《きた》え直すことができなくもないだろう。だから
高潔な心は朱と交わってはいけないというのだ。
どんな志操堅固な人間でもうまく誘い込めば必ず落ちる。
シーザーはわたしを嫌っている、だがブルータスを愛している。
いまブルータスとキャシアスの立場が入れ替わったとして、
このおれがむざむざ乗じられることなどあるものか。よし、今夜

別々の筆蹟の手紙を彼の家の窓口から投げ込むことにする、
そのいずれもが個々人の市民からのもので、
いまこそローマはブルータスの名前に大きな
期待を寄せているという内容だ、ついでに
それとなくシーザーの野心にもふれておく。
これだけ手段を尽くして、はてシーザーの安泰やいかに、
みごと彼の転落か、われら日々暗黒の忍耐か。

［退場］

［第一幕第三場］

雷鳴と稲妻。

キャスカとシセロー登場。

シセロー　今晩は、キャスカ。シーザーを家まで送りとどけたのか？
どうした、その激しい息づかいは、目まで坐っているぞ。

キャスカ　君はよく平然と構えていられるな、大地の秩序の基盤が
まるでなし崩しになって震動を起こしているというのに。ああ

シセロー、ぼくはこれまで多くの嵐を経験してきた。烈風が
唸《うな》りを上げて節だらけの樫の木を引き裂くのを見た。大海原が
高くふくれ上がり、怒り狂い、泡立って、
空一面の雲の脅迫もものかわ、天を摩《ま》す恐ろしい姿も。
だが今夜も今夜、今の今まで、
火の雨を降らせる嵐に出会ったことはない。
天界に内乱が起こったのか、それとも
下界のあまりに不遜《ふそん》な振舞いに神々が
憤然として破滅を送りとどけたのか。

シセロー　そんなことか。もっと不可思議な現象かと思ったよ。

キャスカ　そら、市の雑役の奴隷ね、君だって顔を見ればわかる、
そいつが左の手を挙げた、すると松明《たいまつ》がなん十束も
合わさったみたいにめらめらと燃え上がった、なのに
手の方は火の熱さを感じない、火傷ひとつとしない。
まだあるよ——見たまえ、ぼくはまだ剣を抜いたままだ、

じつはキャピトルの神殿の真向かいでライオン一頭とでくわした、
ぼくをじいっとねめ回して、ぼくには構わずに
そのままむっつり歩いて行ったよ。すると今度は女どもが
百人ほど固まって恐怖に蒼ざめて、まるで幽霊のように
うずくまっている、口ぐちに見たと言うのだ、
全身火だるまの男たちが町を行き来しているのを。
昨日《きのう》は君、あの不吉な夜の鳥のふくろうが
真昼だというのに広場に降り立って、ほうほう気味の悪い鳴き声を
上げていた。これだけ不吉な出来事が同じ時、同じ場所に
起こってるんだぜ、「その理由はこれこれしかじか、
きわめて自然なことだ」などと平然と言ってるわけにには
いかない。これはもう絶対に前兆というやつだ、
その一致して向かう方面に必ず凶事が起るという。
シセロー　たしかに時代はどこかおかしくなっている。
ただ人間というものは物ごとを自分の好みに解釈して、

そのもの本来の意味からまるで外れてしまうことがある。
明日《あす》シーザーはキャピトルに行くのだろうか？

キャスカ　行くよ。明日《あした》はキャピトルにいるからと
君に伝言するようアントニーに言っていたよ。

シセロー　じゃおやすみキャスカ。こんな不穏な空模様では
出歩くわけにはいかん。

キャスカ　じゃ、シセロー。

［シセロー退場］

キャシアス登場。

キャシアス　だれだ？

キャスカ　ローマの市民。

キャシアス　キャスカだな、その声は。

キャスカ　いい耳だ。キャシアス、なんて夜なんだ。

キャシアス　じつに愉快な夜さ、高潔の士にとっては。

キャスカ　天がこれほどの威嚇《いかく》を試みようとはなあ。
キャシアス　当然だとも、地上が罪業で充満している以上。
ぼくはだね、この危険な夜に
わざと町を出歩いてきたさ。
そらキャスカ、こうやって上着をはだけて、見てのとおり
裸の胸で雷《いかずち》の降らせる石のつぶてを受けてみた、
青い稲妻が天空を一瞬雁木《がんぎ》に引き裂いて
その深い胸元をえぐり出して見せたとき、閃光の
真っただ中にわれとわが身をさらしてみた。
キャスカ　だが君は何でそんなにしてまで天意を試みる？
大いなる神々が、地上の脅威にと、これら恐るべき
使者を送ってそのご意向を示されたときには、ひたすら
恐れ慎み、戦《おのの》いているのが人間の分というものだよ。
キャシアス　君は鈍《どん》だよなあ、キャスカ、それにローマ人たるの
生命の火花、それが君には欠けている、あっても

用いようとしない。その真っ青な顔、坐った目、
ほとばしる天の怒りの天変地異を目のあたりにして
ただただ恐怖に身をくるみ、驚愕の中に茫然自失するのみだ。
ねえ君、君は真の原因を考えようとはせんのか、
なにゆえの火の連続なのか、なにゆえの亡霊の出現なのか、
なにゆえに鳥や獣がその本性《ほんせい》から外れた行動に及ぶのか、
なにゆえに老人に愚者、小児らが賢者然の予言を行うのか、
それら常軌からの逸脱はそもそもなにゆえであるか、
それぞれの本性《ほんせい》、本来の能力からの異常異変は
なにゆえなるや――いいかね君、原因はだね、
天がこれらに異変の霊気を吹き込み
もって緊急警告の手段たらしめた、
いま現在の異常事態の。
ああキャスカ、ぼくはいまここで君にある人物の名前を告げたい、
この恐怖の夜そのままの人物、

雷《いかずち》であり、稲妻である人物、墓を暴いて亡霊を送り出し、
キャピトルの神殿のライオンさながらに咆哮《ほうこう》する人物、
一個の人間としては、偉大もなにも君やぼくと
なんら変るところはないが、いつの間にか禍々《まがまが》しい恐怖の姿に
ふくれ上がった、自然界の秩序を突き破る今夜の異変のように。
キャスカ　シーザーだよね、君の言うのは、そうだよねキャシアス。
キャシアス　だれだっていいのさ、だってそうだろう、現今の
ローマ人は栄光の祖先と同じ筋骨五体を備えている、
だが、ああ悲しいかな、父親の精神は死んだ、
われらを支配しているのは母親の心情、
軛《くびき》をかけられた忍従の姿は女々しいとしか言いようがない。
キャスカ　そういえば、噂だと元老院の諸公は明日《あす》
シーザーを王位に即《つ》かせるだとか。
そうなるとあの男、このイタリア本土はともかく
陸海の属領にあまねく王冠を戴くことになる。

キャシアス　そうとなればこの短剣、切先の収まる場所がある、
キャシアスがキャシアスを奴隷の境遇から解放するだけの話。
ああ神々よ、その方途であなた方は弱者を強くする、
ああ神々よ、その方途であなた方は暴君を敗北せしめる。
石を重ねた峨々《がが》たる塔も、鍛《きた》え抜かれた黄銅の壁も、
風も通わぬ牢獄も、固く動かぬ鉄の鎖も、
毅然たる精神を監禁しておくことは叶《かな》わない。
生命は俗世の障碍《しょうがい》に倦《う》むとき、
みずからを解いて放つ力に欠いたことがない。
わが心の誓いをいまこそ全世界に告げ知らせよう、
いま耐えている圧政など、わが心の意のままに、
いつでも払い除けられるのだと。

キャスカ　　　　　　　　　　　　ぼくも同じだ。
どこのどんな奴隷だってその縛《いまし》めを

［雷鳴続く］

解除するだけの力をその手に保持している。

キャシアス　ならばなぜシーザーは暴君のままでいられるのだ？

え、貧弱な男さ、あいつだとてまさか狼《おおかみ》になる気は起こさなかったさ、
ローマ人が臆病な羊だと見てとらなければ。ライオンにだって
ならなかった、ローマ人が従順な雌鹿でさえなかったならば。
いいかい、急いで強い火を起こそうとする者は
へなへなの藁《わら》しべで始める。とすればローマはいまや
木屑《くず》、藁屑、かんな屑、卑しい焚付《たきつ》けになり果てた、
しかもめらめら燃えて照らし出すその姿がシーザーごとき矮小《わいしょう》な人物とは
なんと情けない。だがああわが悲しみよ、お前のおかげで
わたしはなんということを口走ってしまったのか、聞いている相手は、
喜んで奴隷の境遇に甘んじている男なのかもしれない。いいとも、
責任の取り方はわかっている。覚悟はできているのだから。
危険などわたしにはものの数ではない。

キャスカ　おいおい、君の相手はキャスカだよ。陰でにやにや笑って

告げ口をするような男とはわけが違う。いいから、さあ握手だ。
早速にも禍根《かこん》を絶つべく同志を糾合《きゅうごう》しよう、
及ばずながらこのぼくも、どこまでも
ついて行く。

キャシアス　よし、話は決まった。
じつはキャスカ、ぼくの方ではすでにローマでも
指折りの高潔の士を数名説得してある、
ぼくに加わって、名誉と、それに当然危険を
伴うはずの大事に赴いてくれるように。
今頃はもうポンペーの大柱廊の下で
ぼくを待っているはずだ。大丈夫、こんな恐怖の夜だ、
町には人っ子ひとり出歩いてないよ。
見てみろ、この空模様、なんて形相だ、
いよいよ決行をひかえたわれらの仕事さながら、
血に染まり、赤く燃え上がって、身の毛がよだつ。

シナ登場。

キャスカ　ちょっと隠れたがいい、急ぎの足音だ。

キャシアス　シナだよ。歩き方でわかる。あいつは味方だ。やあシナ、そんなに急いでどこへ？

シナ　君を探しに。脇にいるのはだれだ？　メテラス・シンバーか？

キャシアス　いや、キャスカだよ。われわれの計画の同志になってくれた。みんな待ってるかい、シナ？

シナ　同志とはうれしいね。それにしてもなんて恐怖の夜だい、同志の二、三人は不可思議な光景を目撃したっていうぜ。

キャシアス　みんな待ってるのかい、え？

シナ　　　　　　　　　　　　待ってるともさ。

ただなあキャシアス。あの高潔なブルータスさえうまく同志に引き込んでくれたら——

キャシアス　大丈夫だよ。いいかいシナ、この手紙、こいつを

法務官の椅子《いす》の上にうまく置いておいてくれないか、
ブルータスが必ず見つけるように。それからこれは
彼の家の窓口から投げ込んでおく。こっちは大ブルータス像に
蠟《ろう》で貼りつける。全部やり終えたら
ポンペーの大柱廊だ、みんなで待ってるから。
ディーシャス・ブルータスとトレボーニアスもあそこだね？

シナ　メテラス・シンバーだけがまだ。彼は
君を探して君の家に行っている。よし、大急ぎで
君の言ったとおりに手紙をそれぞれ処理しよう。

キャシアス　終ったらいいね、大柱廊前のポンペー劇場だよ。

［シナ退場］

よしキャスカ、君とぼくは夜明け前に
ブルータスの家に話しに行こう。もう彼の心の
四分の三はわれわれの方に傾いている。今夜話し合えば
必ず彼の全体がまるごとわれわれのものになる。

キャスカ　そうとも、彼は民衆の心情の中に高く
君臨している。われわれでは罪にみえることも、
ブルータスという看板の支持があれば、美徳と
価値あるものに変質する。みごとな錬金術だよ、君。

キャシアス　彼の人物、彼の価値、彼の大なる必要性、
それを君はみごとな比喩で言い当ててくれた。さあ行こう、
もう夜中を過ぎているだろう。夜の明ける前にブルータスを
目覚めさせ、あの男をしっかりと手に入れよう。

［両人退場］

［第二幕第一場］

ブルータス登場。

ブルータス　おい、ルーシャス、おおい！
この空では星の運行によって夜明けまでの時間を
判断するというわけにはいかない。ルーシャス、聞こえんのか！

おれも叱《しか》られるほどにぐっすり眠ってみたい。
ルーシャス、どうした？　いいかげん目を覚ませ。ルーシャス！

ルーシャス登場。

ルーシャス　お呼びでしたか？
ブルータス　書斎に蠟燭《ろうそく》の明りを入れてくれ。
入れたらここに呼びに来てくれ。
ルーシャス　承知しました。

［退場］

ブルータス　それは彼の死によって達成される。だが
わたしとしては彼を足蹴《あしげ》にする個人的な恨みはない、ただ
公共のためを思えば。あの男は王冠を欲している。
それは彼の本性《ほんせい》を変えてしまうかもしれない、問題はそこだ。
日が照りつけると蝮《まむし》が這《は》い出す、
だからだれしも歩くのに用心する。で、あの男に王冠、
すると彼に牙《きば》を与えることになる、

思いのまま人を刺す危険な牙を。
権威の濫用は、それが力におごって
憐れみの心を失うときに生ずる。確かにシーザーの場合、
理性ではなく感情が彼を支配したというためしを
わたしは知らない。だがだれしも身に覚えがある、
謙虚が若い野心の梯子《はしご》だということを、
登ろうとする者はいっときは梯子に向けて顔を上げるが、
最上段まで登りつめてしまえば、あとは
梯子などに背を向けて
雲を望む、一段一段登ってきた低い段々など
卑しいものに見下《くだ》して。シーザーもそうかもしれない。
とすれば機先を制するしかない。ただ現在のままでは
告訴に及ぶに十分な口実がない以上、
仮にその事由をこう考えてみてはどうか、つまり現在の彼が
強大になればかくかくしかじかの極端に走るであろうと。

したがってこの際彼を蝮《まむし》の卵と見なす、
孵化《ふか》すればその本性《ほんせい》からして危険きわまりない、
故に殻《から》の中で殺す。

ルーシャス登場。

ルーシャス　旦那さま、お部屋に蠟燭の火がともりました。
窓の辺で燧石《ひうち》を探しておりましたら
この手紙が、それ封がしてございます。たしか
寝る前にはなかったのですが。　［ブルータスに手紙を渡す］
ブルータス　寝床に戻るがよい、まだ夜明け前だ。
明日《あした》はたしか三月の十五日だな？
ルーシャス　さあ。
ブルータス　すぐに暦を見てきてくれ。
ルーシャス　はい。　［退場］
ブルータス　流星が唸《うな》りを上げて空に飛び交っている、

［封を切って読む］

この明るさなら手紙が読める。
「ブルータス、汝惰眠を貪《むさぼ》る、目覚めよ、而《しこう》して己を直視せよ。
ローマの将来——よく読めんな——語れよ、撃てよ、濁世《だくせい》を正せ。」
「ブルータス、汝惰眠を貪る、目覚めよ」か。
このような檄文《げきぶん》がよく周りに落ちている、拾えば
ついつい読んでしまう。
「ローマの将来——」だと。後を補えばこうなる、
ローマの将来、ついに一個の人間のもとに慴伏《しょうふく》せしめらるか——
ああ、ローマがか？　かつてわれらの祖先はローマの町から
タークィンを追放した、王を僭称《せんしょう》したそのときに。
「語れよ、撃てよ、濁世《だくせい》を正せ」。わたしは求められている、
語ることを、撃って出ることを。ああローマよ、お前に約束しよう、
この濁世を正すことを、それがお前の願いだというのなら、
すべての願いはこのブルータスの手によって成し遂げられる。

ルーシャス登場。

［舞台裏で扉を叩《たた》く音］

ルーシャス　三月はもう十五日過ぎました。

［ルーシャス退場］

ブルータス　そうか。門を見てこい、だれかが叩いている。

キャシアスにシーザーを倒せと鋭く迫られてから心が研ぎすまされて

一睡もしていない。

恐ろしい行為のいざ実行のときと、

行為を決意したそのときと、その間《かん》は

ただ妄想と悪夢の世界、

精神と、これに従属すべき肉体とが

相せめぎ合い、人間という国家は、

いわば反乱する王国の縮図となって、

下剋上の混乱に苦しんでいる。

ルーシャス登場。

ルーシャス　弟御《ご》のキャシアスさまが戸口に。
お目にかかりたいそうで。

ブルータス　一人でか？

ルーシャス　いいえ、ご一緒にずいぶん。

ブルータス　だれかわかったか？

ルーシャス　いいえ。帽子を目深く耳の辺まで下げて
おいでてでしたし、顔はほとんどマントの中に埋《うず》めて
おいでてでしたので、お顔つきの特徴などとても
わかりようがありません。

ブルータス　通してくれ。

［ルーシャス退場］

同志の面々だな。ああ陰謀よ、お前は
恥じてその危険な面《おもて》を上げようとせぬのか、諸悪《もろあく》の

跋扈《ばっこ》するこんな深夜だというのに。それなら昼のさ中、
その邪悪な形相《ぎょうそう》を隠しおおせるほどの暗い洞窟は
いったいどこにある？　いや、探したとて無駄なこと、
せめて穏やかな微笑の下に押し隠すほかはない、
飾らぬ生地の顔のままで出歩いてみろ、
たとえ地獄の底なしの暗闇を借りようとも
明るい露見はもう免れまい。

キャシアス、キャスカ、ディーシャス、シナ、メテラス、トレボーニアスら、陰謀者たち登場。

キャシアス　おやすみのところ押しかけてしまったかな。
お早う、ブルータス。迷惑じゃなかったかい？

ブルータス　一時間前から起きていた、一睡もしていない。
一緒の諸君はみんな知合いかね？

キャシアス　そうとも、一人残らず。みんな君を

尊敬している、それにみんな一人一人
君が君自身を正当に評価することを望んでいる、
高潔なローマ人ならだれもが君を評価するように。
こちらがトレボーニアス。

ブルータス　そうか。

キャシアス　こちらがディーシャス・ブルータス。

ブルータス　わかった。

キャシアス　キャスカ、シナ、そしてこちらがメテラス・シンバー。

ブルータス　みんな懇意な友人たちだ。
それで君はどんな心配があって、眠るべき夜にあえて
夜どおし起きているのだ?

キャシアス　君にちょっとひと言。

［ブルータスとキャシアス囁《ささや》き合う］

ディーシャス　東はこっちだね。すると夜明けはこっちか。

キャスカ　違う。

シナ　悪いけどこっちだよ。ほれ、向こうの雲に灰色の筋の
縞《しま》模様がかかってきた、あれが夜明けの先ぶれだ。
キャスカ　残念だが二人とも違うね。いいかね、
ぼくのこの剣の切先が指しているまっすぐ先、あそこから
日が昇る。まだ春先という一年の若い季節を考えれば、
日の出はかなり南に寄っているはずだ。
二月《ふたつき》もたってみたまえ、もっと北寄り高くに
朝の光が現れてくる。いいかい、真東は
こっち、まっすぐキャピトルの神殿の方角だ。
ブルータス　諸君、では一人一人順々に握手をしよう。
キャシアス　そしてわれわれの決意の誓いを。
ブルータス　いや、誓いなど必要ないさ。民衆の顔の色、
われわれの魂の苦悩、時代の腐敗、
これだけで動機に不足だというのなら決起は即刻中止、
みんなそれぞれ寝床に帰り惰眠を貪《むさぼ》るがいい。

そうとなれば、圧政は空高く舞い上がって傲然《ごうぜん》と空中を飛び回り、
獲物と見れば思いのままに急降下、われらはばたばた倒れるばかり。
いったいどこに不足があるというのだ、この灼熱の火の玉、
懦夫《だふ》の心に憤怒の火を燃やし、婦女子の軟弱な胸を
勇猛の鋼《はがね》に鍛《きた》えるであろうこの火の玉、ならば同胞諸君、
われらにいまさら何の拍車が必要だというのか、濁世《だくせい》の
匡正《きょうせい》へと一気に駆り立てるわれらの大義のほかに。いまさらどんな
契約が必要だというのか、二言を操るを潔しとせぬ不言実行の
ローマ人の言だというのに。いまさらどんな誓いが、
死してのち已《や》むとの約定《やくじょう》を
信義と信義とが結んだというのに。
ああ誓いなど、坊主に腰抜け、狐疑逡巡《こぎしゅんじゅん》、
死人《びと》同然の耄碌《もうろく》ども、不正に甘んじる
意気地なし、そうとも、まかせておくのだ誓いなど、
不義に片棒の胡乱《うろん》の輩《やから》。

だが清廉潔白のわれらが大事、
不撓《ふとう》不屈《ふくつ》の鋼《はがね》の心、大義と
決行のそのときに、誓いの必要を言い立てて
汚してなるまい、ローマ人の一人一人、
紅《くれない》の血の一滴一滴、気高い血潮の一滴一滴、
それが不義不純の血と化するだろう、
仮にも口にした約束の、口からもれる約束の息の、
わずか一息に嘘いつわりが隠されていようなら。

キャシアス　どうだろう、シセローはどうしよう。彼にも
当ってみようか、われわれの強力な同志だと思うがね。

キャスカ　彼は外したくないね。

シナ　そうとも、外したくないとも。

メテラス　ぜひ加えるべきだ。あの銀色の髪はまさに
銀の貨幣となってわれわれに尊敬をかち得させるだろう、
今度の決起への賞讃の声を民衆から買い取ってくれるだろう。

彼の判断力がわれわれの剣を導いたのだと噂される、
われわれの若さも血気もけして表に現れることなく、
彼の重々しい態度の下に深く隠されるだろう。

ブルータス　いや、彼は無理だ、打ち明けても無駄だ、
彼はね、他人の始めた仕事には
絶対に従うことをしない。

キャシアス　　　　じゃやめるとするか。

キャスカ　なるほど、適任ではないね。

ディーシャス　殺《や》るのはシーザーだけかい、ほかにはいないのかい?

キャシアス　ディーシャス、いいことを言ってくれた。ぼくはだね、
マーク・アントニーをシーザーの後に生かしておくのは
適切でないと思う。あれだけシーザーに愛されている
男だからね。きっと悪どい策謀をめぐらすにきまってる。それに
なんといってもできる男だ、まともに立ち回ってみろよ、われわれ
全員きりきり舞いをさせられてしまうぞ。先手必勝、

アントニーをシーザーと一緒に倒そう。
ブルータス　それでは残忍すぎるだろうよ、ケイアス・キャシアス、首を刎《は》ねた上に手足までも切り取ってしまうのは。殺して足りずに怒りを引きずる、いかん、いかん、アントニーはシーザーの手足に過ぎんのだ。ぼくらは神々に犠牲を捧げる者でありたい、ね、ケイアス、屠殺《とさつ》者などではなく。ぼくらはシーザーの精神に対して決起する、そして人間の精神には血が流れていない。ならばああ、シーザーを解体することなく、内なるシーザーの精神をえぐり出すことはできぬものか！　だが悲しいかな、シーザーの血は流さねばならぬ。とすれば高潔なる諸君、彼を勇猛心をもって殺そう、忿怒《ふんど》をもってではなく。神々に捧げる供物《くもつ》として彼を切り分けよう、猟犬に与える死肉として切り刻むのではなく、ぼくらの心は、たとえて言えば賢い主人のように、

召使を暴力行為にたきつけておいて、
あとできびしく叱《しか》ってみせる。それではじめて
ぼくらの目的は、私怨《しえん》ではない、必要やむをえざるものとなる。
民衆の目にそのように映ずれば、ぼくらは
殺人者ではなく国家の浄化者、正義の医師と呼ばれる。
ま、マーク・アントニーのことなど考えずにおこう、
彼はシーザーの一本の腕、シーザーという頭がなくなれば
もう動くことはできんさ。

キャシアス　いや、やっぱりあいつは危険だぜ、
あいつのシーザーへの愛情はとことん根深いから――

ブルータス　いいんだよ、キャシアス、彼のことは考えずとも。
シーザーへの愛といったところで、できることはせいぜいで
刃《やいば》を自分に向けるぐらいだ、思いつめてシーザーに殉死する、
とまあ、それができるようなら大したものだよ。だってあいつは
遊び好きの放蕩《ほうとう》者で、大の社交好きときている。

トレボーニアス　あいつには危険はないよ、殺さずにおこう。せいぜい長生きしてもらって、今度のことも笑い話の種にしてもらおう。

［時計が時を打つ］

ブルータス　静かに、時を数えろ。

キャシアス　三時を打った。

トレボーニアス　時間だ、引き揚げよう。

キャシアス　だがシーザーが
今日出かけるかどうか、もうひとつ不安だな。
最近どうも迷信ぶかくなってきた、
幻だとか、夢だとか、前兆だとか、以前の
強固な信念とはまったく別人のようだ。
最近の異常現象に加えて今夜の
恐怖の天候はこれまで経験したことがない、
それに卜占官《ぼくせん》たちが説得するとなれば、きっと今日は
キャピトルに出向くのはよすと言い出すかもしれない。

ディーシャス　安心したまえそれは。なあに、彼の決心なら
ぼくが変えてみせるとも。あいつの耳をくすぐるには
一角獣を捕えるのに立木を使う話をすればいい。
熊なら鏡、象なら落し穴、ライオンなら罠《わな》、と
こう進めていって、人間を捕えるのは追従ですねと言う、
あなたは追従は大嫌いですよねと水を向ける、もちろん
嫌いだとあいつが答える、これが最大の追従だと気づかずに。
ぼくにまかせてくれ。
もともと乗りやすいあいつの気分にうまく話をもっていって、
きっとキャピトルに連れ出してみせるから。
キャシアス　いや、われわれ全員で迎えに行く方がいい。
ブルータス　八時までに。どうだろう八時でぎりぎりだな？
シナ　それを刻限にしよう。遅れるなよ。
メテラス　ケイアス・リゲイリアスもシーザーに恨みを抱いている、
ポンペーのことをよく言って罵倒されたからね。

だれも彼のことを思い出さなかったなんて。

ブルータス　よろしい、メテラス、君が彼の家に寄ってくれ。彼は
ぼくに好意を持っているはずだし、またそれだけのことはしてやった。
とにかくここに来るようにと、きっと同志に引き入れてみせるよ。

キャシアス　そろそろ朝だ、ぼくらの上に。失礼するよ、ブルータス。
同志諸君、解散だ。さっきの誓いを全員
忘れずに、真のローマ人の実《じつ》を示してくれたまえ。

ブルータス　諸君、明るく陽気な顔をしよう、
仮にもぼくらの目的を表情に纏《まと》ってはならない、
わがローマの俳優たちの演技を見習って、
不屈の闘志と毅然たる態度で行動しよう。
じゃみんな、とりあえずお別れを。

［ブルータスを除き全員退場］

おおい！　ルーシャス！　ぐっすり眠っているな。いいとも、
蜜のしたたる熟睡の露を存分に味わうがいい。

せわしない心労が脳裏に描き出す
幻想や妄想などお前には無縁なのだ、
だからそんなにもぐっすり眠れる。

ポーシャ登場。

ポーシャ　あなた、ブルータス。
ブルータス　おや、ポーシャ、どうした？　こんなに早く起きては
いけないよ。きびしい朝の寒さにお前の弱い体を
さらすのは健康によくない。
ポーシャ　あなたこそ。ひどいお方ね、ブルータス、
寝ているわたしのそばからこっそり抜け出すなんて。昨日《きのう》の
お夕食では急に立ち上がって歩き回ったり、
じっと考え込んで溜息をつく、腕をお組みになる、
どうかなさったのってお訊《たず》ねしたでしょう、
すると冷たいお顔でわたしを見つめたまま。

もう一度訊ねると、頭を掻《か》きむしって
またいらいらと足を踏み鳴らす。
それでもしつこく訊ねたけれど、やっぱりお答えは
怒ったように手を振って、あっちへ行けって
そぶりでした。わたしがおそばを離れたのはね、
もうこれ以上いらいらを募らせてはと思ったから、
それはもうかっかしたご様子でしたし、それに
ほんのいっときの不機嫌ということもある、
男の方にはどなたでもときどき起こるということだから。
でもそのいらいらでお食事が進まない、お話もお眠りも
なさらない、そのお悩みのお心があなたのお姿にまで
及んだりして、妻のわたくしがあなたをブルータスと
見分けられなくなったりしたらどうしましょう。ねえ、大事な大事な
あなた、あなたの悩みのそのわけをわたしにも分けて下さいな。

ブルータス　調子がよくない、ただそれだけだよ。

ポーシャ　ブルータスは賢いお方、調子がよくなければ、
ちゃんと調子を取り戻す手段を講じるはずなのに。

ブルータス　ちゃんと講じている。さあ、いいからおやすみ。

ポーシャ　病気のブルータスが胸をはだけて歩き回って、
じめじめした夜明けの湿気を吸い込むだなんて、
健康によいことでしょうか？　ねえ、病気のブルータスですよ、
それが暗い寝床からこっそり抜け出して
夜の毒気の中にわざわざ身をさらす、
太陽に清められていない空気は風邪のもとでしょう、
かえって病気を募らせるばかり。違うわ、ブルータス、
あなたは心の中になにかひどい病気を抱えているの、
わたくしはあなたの妻なのだから、当然の権利として
どうしてもそれを聞いておかなくては。さあ、こう跪《ひざまず》いて
お願いします、昔ほめていただいたわたくしの美しさにかけて、
あなたの重なる愛の誓いのすべてにかけて、それになによりも

わたしたち二人を一つに結び合わせたあの大いなる誓約にかけて、
どうか打ち明けて下さい、わたくしはあなたご自身、あなたの半身、
どうしてそのように暗く沈んでおいでなのか、それに今夜訪ねて
こられたのはどういうお方なのか、たしか六人か七人
いらっしゃしたけど、夜の暗闇だというのに顔をすっぽり
隠しておいでだった。

ブルータス　跪くのはおやめ、やさしいポーシャ、

ポーシャ　ブルータスがやさしければ跪くことなどないのですよ。
二人の結婚の誓約には、ねえブルータス、あなたに
帰属する秘密にわたくしは関与できないという留保条項でも
あるのでしょうか。二人の一心同体というのも、幾分はとか、
限定的にとか、そういう条件つきなのでしょうか、
お食事を共にし、閨《ねや》のお伽《とぎ》をし、
ときどきお話相手になる。わたくしはあなたの楽しみの
ただの郊外の住人なのでしょうか。ただそれだけのことなら、

ポーシャはね、ブルータスの娼婦、妻ではありません。

ブルータス　妻だとも、ぼくの真実の、尊敬する妻だとも、
大事な大事な妻だとも、ぼくの苦しみの心臓に流れ込む赤い血の
一滴一滴よりももっと大事な。

ポーシャ　それが本当なら、わたくしも秘密を知らなくては。
女だてらにとお思いでしょうが、それでもわたくしは
ブルータスというりっぱなお方が妻に選んだ
女です、ええ、女は女でも、名誉にいささかの
翳《かげ》りなく、そしてあのケイトーの娘、
この父を持ち、この夫を持ち、
どうしてか弱い女のままでいられましょう。
さ、秘密をお聞かせ下さい、けして洩《も》らしたりはいたしません。
わたくしはね、ここ、この太股をわれとわが手で
傷つけて、痛みに耐えるみずからの覚悟のほどを
試してまいりました。それに耐え抜いたこのわたくしが、

夫の秘密を守れぬことがありましょうか。

ブルータス　ああ神々よ、

この気高い妻にふさわしくわたくしを鍛《きた》えたまえ！

［舞台裏で扉を叩《たた》く音］

あ、だれか来た。ポーシャ、ちょっと退《さが》っていておくれ、

すぐにもこの胸の秘密をお前の胸に

打ち明けようから。

わたしがあえて踏み込んだ約束のすべて、この額《ひたい》に刻まれた

苦しみの文字の一字一字をすべてお前に話そう。

さ、急いでここを。

［ポーシャ退場］

おういルーシャス、そら扉を叩いているぞ。

ルーシャスとリゲイリアス登場。

ルーシャス　病人のお方です、お話があるとかで。

ブルータス　ケイアス・リゲイリアスだな、メテラスが言っていた。
おい、道を開けてやれ。

［ルーシャス退場］

やあ、ケイアス・リゲイリアス。

リゲイリアス　どうぞ朝のご挨拶を、この弱々しい口から。

ブルータス　ああケイアス、選りも選ってこの大事なときに
その病気の被り物だよなあ。君が元気でさえいてくれたら。

リゲイリアス　ぼくは病気ではないとも、ブルータスが
名誉の名に値する偉業を計画しているのであれば。

ブルータス　計画しているとも、リゲイリアス、君の耳が
その大偉業を聞いてくれるほどの健康を保持していれば。

リゲイリアス　ローマ人の跪《ひざまず》くすべての神々にかけて、
ぼくは病いを脱ぎ捨てる。［被り物を取って投げ捨てる］ああローマの魂！
名誉の祖先の血を引き継ぐあっぱれの男子《だんし》！
あなたは妖術使いだ、ぼくの死に絶えていた勇気を

蘇《よみがえ》らせてくれた。さあ、走れと命じて下さい、
どんな不可能事にも立ち向かいましょう、
いや、きっと征服してみせましょう。さあ、言って下さい。

ブルータス　病んだものを健やかにする仕事。

リゲイリアス　それには今健やかな者を病み衰えさせなくてはならない。

ブルータス　そのとおりだ。そのことをこれから君に
打ち明けよう、目ざす相手の家に
進んで行くその道すがら。

リゲイリアス　踏み出せ君の第一歩を、
あらたにともされた火の心で君について行く。
中味はわからずともよい、ブルータスの
先導というだけでぼくは結構だ。

［雷鳴］

ブルータス　よし、行こう。

［両人退場］

［第二幕第二場］

雷鳴と稲妻。

シーザー登場、部屋着姿。

シーザー　天も地も夜どおし静まることがなかった、

キャルパーニアは眠りながら三度も叫んだ、

「助けて、シーザーが殺される」と。おうい、だれか！

召使登場。

召使　ご用で。

シーザー　神官たちにただちに犠牲を捧げるよう命じろ、

占いの結果を聞いてこい。

召使　かしこまりました。［退場］

キャルパーニア登場。

キャルパーニア　どうなさったの、シーザー？　まさかお出掛けでは？

今日は家から一歩も出てはなりません。

シーザー　シーザーは出掛けるぞ。わたしをおどす脅迫は
ただわたしの後ろ姿を追うだけのこと。前に
立ちはだかろうにも、わが面前にてたちまち雲散霧消する。

キャルパーニア　ねえあなた、わたくしは前兆など気にかける女では
ございません。でも今はとってもこわいの。家の者の話では
わたしたちで見聞きしたほかにも、
夜警がそれは恐ろしいことを見たそうです。
牝ライオンが町の中で仔を産んだとか、
墓が口を開けて死人《びと》を吐《は》き出したとか。
炎に包まれた獰猛《どうもう》な兵士たちが雲の上で戦争をしたそうよ、
隊列を整えて、方陣を組んで、実戦そのままの
戦闘隊形でした、キャピトルの神殿に血がしたたり落ちて、
剣戟《けんげき》の響きが天にこだまして、
馬のいななく声、瀕死《ひんし》の兵士たちのうめき声、

亡霊たちは悲鳴をあげて町じゅうを駆け回った。
ねえシーザー、こんなことがこれまでにありましたかしら、
わたしもうこわくって。

シーザー　大いなる神々の
定められたことはけして逃れること叶《かな》わぬ。
だがシーザーは出掛けねばならぬ。それらの予言は全世界に対して
向けられたもの、シーザー一個人のみを目ざすものではない。

キャルパーニア　卑しい乞食の死に彗星は現れません、
天が炎を吐くのは王侯の死の知らせ。

シーザー　度数あまたなるかな 怯懦《きょうだ》の死、
勇者の死はただの一度のみ。
この世の不思議の最たるものは
人びとの抱く死への恐怖、
死とはすなわち必然にして一期一会たるを
いかんせん。

召使登場。

どうだ、神官らの言は？

召使　本日の外出はお控え下さるようにとのこと。
生贄《いけにえ》の獣の内臓を取り出しましたところ
心臓が見つかりませんでしたそうで。

シーザー　それは神々が怯懦を辱《はずかし》めるべく下されたことだ。
シーザーは勇気の宿る心臓を持たぬことになるな、
仮にも恐怖のために今日家にとどまったりしては。
いいや、シーザーにそうはさせぬ。危険の方がよくよく
承知している、シーザーが危険よりもさらに危険であることを。
世上、危険とわたしとは同じ日に生まれた
二頭のライオン、わたしの方が兄ではるかに獰猛である。
シーザーは必ず出掛けるぞ。

キャルパーニア　ああ、いけないわあなた、

せっかくのお知恵が過剰な自信でめちゃめちゃに。
今日の外出はなりません。家から出ないのはわたしが
怖がるからだとおっしゃい、あなたが怖がったのではないと。
そう、マーク・アントニーに元老院に行ってもらいましょう、
今日は気分がすぐれないのでと言わせたらいい。
ねえあなた、跪《ひざまず》きますからどうかこれだけはお願いね。

シーザー　マーク・アントニーに気分がすぐれぬと言わせよう、
お前の気休めのため家にいることにする。

ディーシャス登場。

ディーシャス・ブルータスだ、彼に言わせることにするか。

ディーシャス　シーザー万歳。お早うございます、シーザー閣下。
元老院へご案内に参りました。

シーザー　それはちょうどよいところだった、
元老院の諸公にわたしからの挨拶を

届けてもらいたい、今日は行かないからと。
行けない、では違う、行く気がない、ではもっと違う、
ただ今日は行かないと、それだけ伝えてくれ。

キャルパーニア　病気だと言って下さいな。

シーザー　　　　　　　シーザーに嘘をつかせるのか。
わが腕《かいな》の届く限り世界を征服したこのわたしが、
白い鬚《ひげ》の老人どもを恐れて真実を語れぬとでもいうのか。
ディーシャス、シーザーは行かないと、そう伝えてくれ。

ディーシャス　シーザー閣下、その理由を少しはお聞かせ下さい、
理由なしの通告ではこのわたくしが皆に笑われましょう。

シーザー　理由はわたしの意志にある。わたしは行かない、
それだけ伝えれば元老院は満足するはずだ。
だが君個人としては満足しがたいであろうから、
わが愛する貴君のために理由を話してあげよう。
じつはね、妻のキャルパーニアに止められてるんだよ、

彼女は昨日《きのう》の夜夢を見た、ぼくの彫像がだね、
噴水みたいに、なん百もの口から真っ赤な血を
噴き出した、すると元気なローマ人がきゃっきゃっ
笑いながら集まって手を血にひたして喜んでる。
それをだね、妻《さい》がだね、よくない前ぶれと解釈した、
なにか凶事が迫っているとね、それで跪いて
頼むんだよ、今日は絶対に家《いえ》におって下さいと。

ディーシャス　その夢解釈はまちがっておりますよ、
これはもうじつにめでたずくめのすばらしい夢だ。
閣下の彫像が数多くの口から血を噴き出し
多くのローマ人が笑いながら血にひたったというのは、
つまりですな、大ローマが閣下から蘇《よみがえ》りの血をすすり、
貴族たちが群れをなして殉教の聖者の
形見、紋章をば相求めるということでございましょう。
これこそが奥さまご覧の夢のまことの意味。

シーザー　なるほど、みごとな解釈だな。

ディーシャス　この先をお聞きになればさらにご納得。よろしいか、元老院は本日シーザー閣下に王冠を献じることに決しましたぞ。そこにですな、ご来駕《らいが》叶《かな》わぬとの伝言、すると元老院の意向が変りますぞ。それに、ま、こんな嘲弄《ちょうろう》の声が耳もとに聞こえて参ります、せせら笑いながら、「じゃあ次まで会議は中止ということにしましょうや、奥方がよい夢を見ることもあるでしょう」。いや、シーザーが姿を見せぬとなれば噂を呼ぶのは必定、「見よ、シーザーは恐れている」。お許し下さい、シーザー、これも敬愛に敬愛を重ねる大切なシーザーの将来を思えばこそ、ついつい愛が分別を抑えてしまいました。

シーザー　取り越し苦労だったようだね、キャルパーニア。

そんな苦労に付き合っていたのかと思うと、われながら恥ずかしい。
礼服を出してくれ、わたしは行くからね。

ブルータス、リゲイリアス、メテラス、キャスカ、トレボーニアス、シナ、パブリアス登場。

そら、パブリアスが迎えに来てくれた。

パブリアス　お早うございます、シーザー。

シーザー　やあ、パブリアス。
ほう、ブルータス、君までこんなに早起きしてくれたか。
お早う、キャスカ。ケイアス・リゲイリアス、
シーザーは君を敵視した覚えはないからね、そんなに
痩《や》せたのはぼくのせいではない、病気のせいだ。
いま何時かな?

ブルータス　シーザー、八時を打ちました。

シーザー　いやありがとう、わざわざ迎えにきてくれて。

アントニー登場。

ほほう、アントニーが、あの夜遊び大好き人間がよく早起きしてくれたものだ。お早う、アントニー。

アントニー　お早うございます、シーザー。

シーザー　酒の用意をするよう言いつけなさい。

いや、こんなに待たせて申し訳ない。

やあ、シナ、やあ、メテラス、おや、トレボーニアスも。

君にはあとで一時間ほど話したいことがある、

忘れずに今日また来てくれたまえ。

ぼくのそばを離れないでくれよ、君との約束を忘れては困るから。

トレボーニアス　はい、シーザー。［傍白］離れるものか、あのとき

離れていてくれたらとお前の味方が悔やんでも後の祭りだ。

シーザー　諸君、奥へどうぞ、とりあえずご一緒に酒を少々。

その上でおたがい友人同士で出発しよう。

ブルータス ［傍白］「おたがい」が互い違いということもある。
ああシーザーよ、それを思うブルータスの胸の痛み。

［全員退場］

［第二幕第三場］

アーテミドーラス登場、手紙を読む。

アーテミドーラス 「シーザーよ、ブルータスに気をつけよ、キャシアスに用心せよ、キャスカに近づくな、シナから目を離すな、トレボーニアスを信用するな、メテラス・シンバーを警戒せよ、ディーシャス・ブルータスは味方ではない、あなたはケイアス・リゲイリアスを不当に扱った。以上の面々は心を一にしてシーザーへの反逆をたくらむ。あなたも不死の身ではないのだから身辺警護を怠ってはならない。油断大敵、陰謀成就。大いなる神々のご加護を祈る。味方、アーテミドーラス」
シーザーの通り道のここに立って
訴願人のふりでこれを手渡す。
有徳の士が羨望の毒牙にかかり

生命を失うとなっては心底《しんそこ》悲しい。
ああシーザーよ、これを読んでくれよ。
読まねば運命の女神らは反逆者の味方。

［退場］

［第二幕第四場］

ポーシャとルーシャス登場。

ポーシャ　お願い、元老院まで走って、
返事はしなくてもいい、さ、早く行って。
どうして行かないの。

ルーシャス　奥さま、それでご用の向きは？

ポーシャ　用向きを言うのももどかしい、
さっさと行って戻ってきたらどうなの。
ああ、強い意志よ、どうかわたしを支えておくれ、わたしの心と
わたしの舌との間に越えられぬ大きな山を築いておくれ。
いくら心は男でも力は女、

心の内を明かさずにいることのなんという困難。

あら、まだいたの？

ルーシャス　ですから奥さま、することを。

キャピトルの神殿まで走る、それだけで？

それですぐに戻ってくる、それだけで？

ポーシャ　なにを言うの、ちゃんと報告するのです、旦那さまはお元気だったか。具
　合が悪いって
お出掛けだったでしょう。それからようく見てくるのですよ、
シーザーのなさったこと、詰めかけた請願人たちの様子。

あら、なにか騒ぎの音が。

ルーシャス　なにも聞こえませんよ。

ポーシャ　そら、よく聞いてみて。

ざわざわと物音がするでしょう、争ってるみたいな、
風に乗ってキャピトルの方から聞こえてくる。

ルーシャス　いいえ奥さま、なにも。

予言者登場。

ポーシャ　ねえお前、どちらから来ました？

予言者　家から参りましたが、奥さま。

ポーシャ　何時でしょう？

予言者　九時頃でございましょう。

ポーシャ　シーザーはまだキャピトルに出向いていないのかしら？

予言者　まだでございます。わたくしも場所取りをいたしまして、キャピトルにお出向きのあのお方にお目にかかりましょうかと。

ポーシャ　シーザーになにか訴願状をお持ちなのですか？

予言者　持っておりますとも奥さま、シーザーがわが身を思うて聞く耳を持って下さるとよろしいのですが。どうかお身のご警護を願うつもりで。

ポーシャ　おや、シーザーの身になにか危険な陰謀とでも出たのかえ？

予言者　確実なことなどわかりようがありませぬ、
だが不確実なことならそれはもうたんとな。
それではご免を。なにせ狭い道幅でございます。
シーザーのあとからぞろぞろぞろぞろ、元老院の
議員がた、法務官の皆さまがた、それに平民の訴願人だち、
弱い体では圧しつぶされるほどに群がりましょう。
なるべく空《す》いたところにおりませぬことには、そこでなんとか
お出ましの大シーザーに話し掛けたく存じます。［退場］
ポーシャ　さ、中へ入らなくては。ああ、なんて情けない
女の心！　ブルータス、どうか神々が
あなたの大事業を成功に導いて下さいますように。
あ、この子に聞かれたのかも。［ルーシャスに］ブルータスには願いごとがあるのだ
けれども、シーザーが
お許しにならないのかもしれない。——ああ、気が遠くなりそう。
さ、ルーシャス、走って、旦那さまによろしく言うのだよ、

わたしは元気だからって。すぐに戻ってね、
旦那さまのご返事を聞かせておくれ。

［両人退場］

［第三幕第一場］

ファンファーレ。

平民たちの群れ。予言者、アーテミドーラス登場、やがてシーザー、パブリアス、ブルータス、キャシアス、キャスカ、ディーシャス、メテラス、トレボーニアス、シナ、アントニー、レピダス、ポピリアスが続く。

シーザー　三月の十五日が来たな。

予言者　さようで、シーザー。だがまだ過ぎてはおりませぬぞ。

アーテミドーラス　シーザー万歳。この書類をお読み下さい。

ディーシャス　ここにトレボーニアスからの訴願状が、お暇の折どうかお目通しをとのことで。

アーテミドーラス　シーザー、わたしの書状を先に、こちらは直接お身に係ることですので。さ、さ、大シーザーよ。

シーザー　わが身に係る私事は常に最後に回される。
アーテミドーラス　ばかな、猶予はなりませんぞ、即刻お読みを。
シーザー　なんだ、この男は気違いか？
パブリアス　おい、どけどけ。
キャシアス　こら、往来での直訴は叶《かな》わぬぞ。
キャピトルに来い。

舞台上をシーザーが動き、他がこれに従う。

ポピリアス　本日の計画がうまくいくとよろしいですな。
キャシアス　計画だと？　何の、ポピリアス？
ポピリアス　ともかくまご幸運を。
ブルータス　ポピリアス・リーナは何と言った？
キャシアス　本日の計画がうまくいくようにと。
われわれの陰謀がまさかばれたのでは。
ブルータス　あいつ、シーザーに近づいたぞ。目を離すな。

キャシアス　急げキャスカ、先を越されるぞ。
どうしようブルータス、もしばれたりしたら
ここを無事出られるのはキャシアスか、シーザーか。
自分の死に方は心得ている。

ブルータス　　　　　キャシアス、あわてるな。
ポピリアス・リーナはわれわれの計画を話しているのではない、
見ろ、あいつは笑っている、シーザーも顔色を変えていない。

キャシアス　トレボーニアスがうまくやってくれるといいが。あ、
大丈夫だブルータス、マーク・アントニーを連れ出すぞ。
［トレボーニアスがアントニーを連れて退場］

ディーシャス　メテラス・シンバーはどこだ？　さ、今だ、すぐに
メテラスを、シーザーに訴願を。

ブルータス　彼の用意はできている、ぼくも近づいて助けよう。

シナ　キャスカ、いいな、最初の一撃は君だぞ。

シーザー　諸卿、ご着席かな。それではシーザー並びに

当元老院の是正すべき件は？

メテラス　ああ最高、最大、最強のシーザーよ、
メテラス・シンバーは衷心よりかく御前《おんまえ》に
卑しき身をば投げ出し――

シーザー　　　　　　シンバーよ、よさぬか、
そうやって地に伏してぺこぺこと辞儀を繰り返せば、
並の男であれば情《じょう》の血を煽《あお》られて、既存の法を曲げ、
掟《おきて》を破り、法律を児戯の取り決めのごとく
なすやも知れぬ。よいかな、愚かなことを考えるなよ、
このシーザーはな、理性に反逆するがごとき不埒《ふらち》な血は持ち合わせぬ、
情にほだされ冷静の本道を踏み外すがごとき血は一滴たりとも。
とろかすなら阿呆《あほう》の血をとろかせ、それ、甘言巧言、
平身低頭、卑しい犬のしっぽの振りよう。
お前の兄は法の命ずるところにより追放された。
いまお前が腰を折り尾を振り兄のために願おうとも、

わたしは道をふさぐ野良犬のように蹴《け》とばすのみだ。
よいな、シーザーは誤りを犯さない、理なくして
肯《がえん》ずることをしない。

メテラス　このわたしの声よりも大シーザーの耳に
もっと快く響く声はないのか、追放の兄を
引き戻してくれるもっとりっぱな人物の声が。

ブルータス　お手に口づけを、シーザー、追従の
口づけではありません、ただただパブリアス・シンバーの
即刻の自由、追放の解除を願って。

シーザー　なに、ブルータスが?

キャシアス　ご解除をシーザー、ご解除を。
キャシアスはご足下に低くこの身を投げ
パブリアス・シンバーの自由放免を願い上げます。

シーザー　わたしが君ら同様の人間であれば心を動かされもしよう、
哀願とやらに熟練した男であれば哀願に心を動かされるやもしれぬ。

だがわたしは北極星、動くことはない。
不変不動がその本来であり、
天空にこれに比すべき星はありえない。
見よ大空に散りばめられた無数の星屑《くず》、
それらは悉皆《しっかい》火であって火と輝く、
だが不動の位置を保持するのはただの一星のみ。
この世も同じだ。世にあふれる人間は
どの人間も血と肉でできており理解力を備えている。
だがな、その中にあって厳然として他に侵されることなく、
四辺の動きに惑わされることなく、その尊厳を維持するのは
ただの一人を知るのみ。よいか、その一人がわたしだ。
その証しを示すとなれば、まさにこの一事《いちじ》、
変るはずなどあるものか、ことシンバーの追放の処分、
なにをいまさら解除などと。

シナ　ああシーザー――

シーザー　　　　　　　　　　　　　　　　退《さが》れ、オリンパスの山は微動だにせぬ。
ディーシャス　ああ大シーザー――
シーザー　　　　　　　　　　　　　　　ブルータスが跪《ひざまず》いても無駄だったのだぞ。
キャスカ　こうとなれば、語れよこの手、この刃《やいば》。
［一同シーザーを刺す］
シーザー　ブルータス、お前もか。――ああシーザーよ、やんぬるかな。
［死ぬ］
シナ　自由だ、解放だ、圧政は死んだぞ。
走れ、さあ宣言を、町じゅうに叫べ。
キャシアス　だれか広場の演壇に登って大声で叫べ、
「自由だ、解放だ、政権は市民のものだ」。
ブルータス　市民諸君、元老院の諸君、恐れずともよい。
逃げずにどうか冷静に。野心がいまその負債を支払った。
キャスカ　演壇に登れ、ブルータス。
ディーシャス　　　　　　　　　　　　キャシアスも。
ブルータス　パブリアスはどこだ?

シナ　こんなところに。騒ぎで腰が抜けたらしい。
メテラス　みんなしっかりしよう、シーザーの味方が
万が一にも——
ブルータス　あわてずともよい。——どうしましたパブリアス、
あなたの身に危害を加えるはずはありません、ローマ人なら
みんな危害の心配はない。さ、皆にそう言って下さい。
キャシアス　帰った方がいいよ、パブリアス、群衆がどっと
押しかけて、ご老体に怪我でもあってはならないから。
ブルータス　そうしてもらおう。この行為の責任はこれを実行した
われわれだけのものだ。

トレボーニアス登場。

キャシアス　アントニーはどこだ？
トレボーニアス　びっくり仰天、家に逃げ帰ったよ。
男も、女も、子供らも、血走った目で大声あげて走り回っている、

まるで最後の審判の日のように。

ブルータス　運命の女神らよ、お前たちの
意向が知りたい。死すべき定めは知っている、ただ人間にとって
重大なのは時だ、いつまで生を引き延ばせるかという。

キャスカ　つまり人の命の糸を短くしてやれば、
その長さだけ死の恐怖の歳月を断ち切ったことになる。

ブルータス　なるほど、すると死は恩恵だよね。
われわれはシーザーの味方だ、彼の死の恐怖の
歳月を縮めてやったのだから。かがめ、ローマの勇士たちよ、
身をかがめてわれらの手を肘《ひじ》の深さまで
シーザーの血にひたし、われらの刃《やいば》を血で染めて、
町の広場に向けてさあ堂々の行進を。
頭上にかざすは真紅の剣《つるぎ》、
合せる叫びは「平和、解放、そして自由」の三語。

キャスシアス　それではかがんで手をひたそう。これから幾世代の

先までも、われらのこの崇高な場面は繰り返し演じられるだろう、
いまだ生れぬ国々、いまだ知られぬ言語でもって。

ブルータス シーザーが舞台で血を流すこと幾たびか、
いまポンペー像の台座の下、あわれ塵《ちり》と化して
寝そべって横たわるこのシーザー。

キャシアス その舞台のたびごとに、
われら友垣の皆みなは、故国に自由をもたらした
憂国の志士として、人びとの口に語り継がれる。

ディーシャス さあ、行進のときだよ。

キャシアス よし、みんな出かけよう。
先頭はブルータス、その驥尾《きび》に付すわれわれは、
いずれ劣らぬ武勇高潔のローマびと。

アントニーの召使登場。

ブルータス 待て、だれかが来る。アントニーの側の者だ。

召使　ブルータスさま、わが主人はかく御前に跪《ひざまず》くよう命じました、
かく地に伏すよう主人マーク・アントニーは命じてございます、
平身低頭の上かく申し上げるようにと。
ブルータスは高潔、賢明、勇敢、公明、
シーザーは強大、豪胆、威厳、仁徳。
自分はブルータスを愛し、ブルータスを敬う、
かつてはシーザーを恐れ、敬い、シーザーを愛した。
さいわいブルータスにおいてご承引下さるならば、アントニーは
身の安全を願いつつ、親しくブルータスにお目にかかり、ここに
シーザーの倒れ死したる所以《ゆえん》なるものを承知、納得いたしたい、
さすればマーク・アントニー、死せるシーザーに味方するよりは
生けるブルータスに味方をいたし、ブルータスの高潔と
運命を共にして行動いたす覚悟、
未知未踏の前途に困難山積の折から誠心誠意の
ご協力をと、かよう主人アントニーからのご挨拶でございます。

ブルータス　お前の主人は賢明で勇敢なローマ人である、
わたしは常にそのように考えてきた。
ご主人にはこう伝えてくれ、ここまでお出かけ下さるのであれば
十分に説明をしよう。わたしの名誉にかけて
無事お帰ししようとな。

召使　早速にもお連れいたします。　［退場］

ブルータス　あの男はきっと力強い味方になると思う。

キャシアス　そうなればいいのだが。ぼくはどうも
危険な気がしてね。ぼくの心配は残念ながら
よく当る。

アントニー登場。

ブルータス　アントニーだ。よく来た、マーク・アントニー。

アントニー　ああ強大なるシーザー！　今は地面に低く横たわる。
地上くまない栄光の征服、戦利品を山積みにしたかずかずの勝利、

すべてはあわれこの一握の塵《ちり》か。ああ安らかに眠られますように。
諸君、ぼくは諸君の意図するところを知らない、
この先だれの血を流そうとするのか、だれをもって流すべき血の病根の持ち主とし
　ているのか、それはわからない。
もしもこのぼくがその当人だというのなら、シーザーの死のときほど
ふさわしい時はなく、いま諸君が手にしている剣ほど
ふさわしい武器はない、なにしろその剣の刃《やいば》は
最も高貴な血を流したばかりの貴重な記念なのだから。
さあ諸君、お願いだ、ぼくへの反感はよく承知している、
さあ、真紅の血に染まった君らの手から血煙が立ち昇っている
いまのうち、思う存分の処置を頼む。千年の生が許されて
いるとしても、今ほどわが死にふさわしい時はない、
それに死の場所、死の手だて、
ここシーザーの傍らで、今この時代の鑑《かがみ》たる
ローマ選良の諸君の手にかかって。

ブルータス　ああアントニーよ！　われらによる死を望むな。
血にまみれた今のわれらの残虐な姿、
ご覧のとおりだ、無理もない、われらの手といい、
所業といい。だが見ているのは手だけだ、
手の果した血まみれの行為だけだ。
君はぼくらの心を見ていない、憐れみに満ちたぼくらの心、
ローマの全体が耐え忍んでいる非道への憐れみ、それが、
あたかも火が火を抑えるように、憐れみが憐れみを抑えて、
シーザーへのこの行動へと赴かせた。君については、
ぼくらの剣の切先は鈍いのだよ、マーク・アントニー。
ぼくらの腕《かいな》は悪には強く、心はしかし
兄弟の情、その腕《うで》も心も喜んで君をいま受け容れるよ、
あらゆる愛と、善意と、尊敬をこめて。
キャシアス　君の発言権は、新しい官職の
割当てにおいても皆と同等だ。

ブルータス　とにかくしばらく待ってくれたまえ、
この群衆を静めなくては、恐怖でまるで狂乱状態だ、
その上でわれわれの側の理由をちゃんと説明しよう、このぼくが、
シーザーを刺すその瞬間もシーザーを愛していたこのぼくが、
なぜこのような行動に出たのか。

アントニー　君たちの賢明は毫《ごう》も疑わない。
では君たち一人一人の血に染まった手を。
まずはマーカス・ブルータス、君と握手だ。
次にケイアス・キャシアス、さ、握手を。
それからディーシャス・ブルータス。そしてメテラス。
シナ、君も。そして勇敢なキャスカ。
最後にトレボーニアス、最後になったが友情が最少なのではないぞ。
ああ諸君——ああ、だが何と言ったらいい、
ぼくの信用はこの血糊の上に立っていつ転倒することか、
君たちのぼくを見る目は二つに一つ、

腰抜け、さもなくば追従たらたら。
ああシーザー、ぼくはあなたを愛していた、それは嘘ではない。
となればあなたの霊魂のみそなわす今このとき、
そのアントニーが、あなたの怨敵と和平の約を結び、
血塗られた五本の指のその手と握手をするなど、
死ぬよりつらい何層倍もの無念であるだろう、
ああ高貴なる魂よ！　その亡骸《なきがら》の目の前だというのに。
あなたの受けた傷の数よりももっと数多い目が、
流れる血の勢いよりもっとどくどくと涙を流す、
それが本来のわたしのなすべきことだというのに、
こうしてあなたの宿敵と友情の協定を結ぶ、
ああ許して下さい、ジューリアス。勇敢な雄鹿のあなたはここに
追い詰められ、ここで倒れた、ここ立つのは仕留めた猟師たち、
あなたの心臓を獲物のしるしに取り出し、取り出したその手は死の川の真紅の色に
染まった。

ああ世界よ！　この雄鹿の駆け抜けた広大な森よ、
この雄鹿こそは、ああ広大な森よ、あなたの心《しん》の臓、
その心臓の雄鹿は名だたる猟師たちに殺され、
いまここに横たわる。
キャシアス　マーク・アントニー。
アントニー　許してくれたまえケイアス・キャシアス。
シーザーの敵だってこれだけのことは言う、
味方となれば、これは冷淡で控え目な弔《とむら》いなのだよ。
キャシアス　いやシーザーへの賞讃を非難しているのではないよ、
問題は君がぼくたちと結ぶ協定だ。
いったい君はぼくたちの一員に加わる気なのか、
われわれとしてはこの際君に頼らずとも事を進めることができる。
アントニー　加わる気だから握手をしたのだよ、だがなんといっても
シーザーがすぐ目の下だもの、つい肝心な話題から逸《そ》れてしまった。
同志に決まっているとも、それに君たちを愛している、

もちろん君たちはちゃんと理由を教えてくれるだろうからね、
シーザーが危険人物だったというその理由、その詳細を。

ブルータス　ああ教えるとも、残酷な見世物とは違うのだよこれは。
われわれの側は十分な考慮を払ってきている、
君がだねアントニー、たとえシーザーの息子だろうと
必ず納得するに相違ないとも。

アントニー　　　　　　　　　それさえわかれば。
それともう一つたってのお願いがあるのだが、
シーザーの遺骸を町の広場に運んで、
あそこの演壇で、一友人として、
葬儀での弔辞を述べさせてもらえまいか。

ブルータス　ああいいとも。

キャシアス　　　　　　　ブルータス、ちょっとひと言。
君は自分のしていることに気づいていない。いいかい、
アントニーに葬儀で話すのを許してはならないよ、

民衆はどんなに動揺するかわからんぞ
あいつの口先にかかって。

ブルータス　悪いけどね、
ぼくがまず先に演壇に登るつもりだ、
そこでシーザーの死の原因を明らかにする、
アントニーが話すとしても、それは全部ぼくらの
認可を得た上だってぼくから言うつもりだ。
それにシーザーには慣例に則り格式を整えて葬儀を
執り行う用意があることだし、それもていねいに話そう。
その方が絶対に有利だ、悪いはずがあるものか。

キャシアス　さあ、どうなることやら。ぼくは気が進まんよ。

ブルータス　マーク・アントニー、ではシーザーの死骸はまかせるよ。
葬儀については、弔辞の中でぼくたちを非難することは許さん、
シーザーの功績を存分に賞讃するのは結構だが、
それもわれわれの認可によることを言い添えてほしい。

わかったね、だめなら君には葬儀から一切
手を引いてもらう。それから、君の話はね、
ぼくが先に登壇してからだ、その同じ演壇で
ぼくのが終ってからだよ。

アントニー　結構だとも。
ぼくの望みはそれだけだ。

ブルータス　ではその死体を整えて、あとから来てくれ。

［アントニーを除き一同退場］

アントニー　ああ、血に染まった一塊の土くれとなり果てたか、シーザーよ、どうか
お許し下さい、
あの屠殺《とさつ》人どもの言いなりのこの柔順なわたくしを。
あなたは廃墟、移り変る歴史の流れに
浮かんで生きた最も高貴な人物の廃墟。
この貴《たっと》き血を流した忌まわしい手に禍《わざわ》いあれ。
あなたの傷口を前にわたしは予言する、もの言わぬ

無数の口さながら真紅の唇をぱっかと開いて、わたしの舌に
その思いを言葉に伝えてくれるよう訴えるその傷口を前に予言する、
よいか、呪いが人びとの四肢五体の上に降りかかるであろうことを、
骨肉相食む狂暴無残な内乱が
イタリアの全土をくまなく覆《おお》い尽すであろうことを。
流血と破壊は日常の茶飯事、
眼前の恐怖は月並の光景、
母親らは乳飲み子が戦乱の爪で八つ裂きにされても、
打ち続く残虐の中、情けもなにも息の根を
止められ、ただ目の前で力なく笑うばかり。
そこに復讐の獲物を求めシーザーの亡霊の登場だ、
お連れの破滅の女神もいま地獄から現れ出たばかり、
さあイタリア全土に戦いの大号令が響き渡るぞ、
全員殺戮《さつりく》の掛声のもと猟犬が一斉に解き放たれれば、
今この凶行の悪臭に加えて、腐れ行く死体の山々、

埋葬を求めて鬼哭啾々《きこくしゅうしゅう》、腐臭地上を覆い尽す。

　オクテイヴィアスの召使登場。

オクテイヴィアス・シーザーに仕える者だな。

召使　はい、マーク・アントニー。

アントニー　シーザーからローマに来るようにと手紙が行ったであろう。

召使　手紙を受けて早速ローマに向かっております、

その旨あなたさまに直接知らせよとの命令を——

あ、シーザー！

アントニー　お前の胸は涙であふれているのか、さ、離れて泣け。

悲しみはどうやら伝染するもののようだ、見ろ、このわたしの目、

お前の目の縁に連なる悲しみの玉飾りを見て、

洪水を起こした。ローマに向かっているだと、お前の主人は？

召使　今夜ローマから七リーグ内に宿営中。

アントニー　至急戻ってこの事件を知らせろ。

ローマはいま喪に服している、今のローマは危険だ、
広いローマの屋敷にはまだオクテイヴィアスの安全な部屋はない、
いいな、至急そのように伝えるのだぞ。あ、待て、
ちょいと手を貸してくれ、町の広場まで
この死骸を運ばなくてはならん。そこが次の大舞台、
おれの弁舌の力で民衆がどう動くか、あの血まみれの
屠殺人どもの引き起こしたこの結末をどう受け取るか、
そいつをよくよく見届けて、若いオクテイヴィアスに
事態の報告よろしく頼むぞ。
さあ、手を貸せ。

［両人シーザーの死体を引きずって退場］

［第三幕第二場］

ブルータスとキャシアス登場、平民たち続く。

平民全員　ちゃんと説明しろ！　説明だ、ちゃんとした説明だ！

ブルータス　ではついて来てくれ、わたしの話を聞いてもらおう。
キャシアス、君は向こうの通りを行け、
二人で皆を分けよう。
わたしの話を聞きたい者はここに残れ、
キャシアスにつきたい者は向こうだ。
シーザーの死に関する公式見解を
これより明らかにする。

平民一　　　　おれはブルータスの話を聞く。

平民二　おれはキャシアスの方だ。別々に言い分を聞いた上で、
両方を突き合わせてみようじゃないか。

［キャシアスが平民たちの一部を連れて退場］

平民三　ブルータスが演壇に登った。みんな静まれ！

ブルータス　最後までどうか静粛に。
ローマ人諸君、同胞諸君、友人諸君、わが大義のためにどうかわたしの話をお聞き願いたい、お聞きいただくためにはどうか静粛に願いたい。わが高潔に免じてどう

かわたしの話を信じていただきたい、信ぜんがためにはどうかわが高潔を重んじていただきたい。もとよりわたしの話を判断するのは諸君の理知の力である。よりよき判断を行うべくどうか諸君の理性を喚起していただきたい。ここに集まった諸君はいずれ劣らぬシーザーの友人であろう、その最高の友人に向かってわたしは言おう、わたしのシーザーへの愛はその最高の友人にもけして劣るものではなかったと。ならばなにゆえにブルータスはシーザーに反旗を翻したのかと彼はわたしに詰問するであろう。わたしの答えはこうだ、シーザーを愛するの念の浅かったためではない、ローマを愛するの念のより深かったからだと。諸君、諸君が求めるのはいずれであるか、シーザー一人が生き、諸君らすべてが奴隷として死することか、それともシーザー一人が死し諸君らすべてが自由な市民として生きることか。ああシーザーはわたしを愛した、それゆえにわたしはシーザーを思って泣く。シーザーは幸運の人であった。それゆえにわたしは彼の幸運を喜ぶ。シーザーは武勇の人であった、それゆえにわたしは彼の武勇を尊敬する。だがああしかし彼は野心の人であった、その野心のゆえにわたしは彼を弑《しい》した。彼の愛には涙を、彼の幸運には喜びを、彼の武勇には尊敬を、而《しこ》うして彼の野心には死を。諸君らの中にあえて奴隷の身に甘んじる卑劣漢がいるか、いるならば名乗りを上げよ、その人物にわたしは罪を犯したのであるから。諸君らの中にローマ人たるを恥じる野蛮人がいるか、いるならば名乗りを上げよ、その人物にわたしは罪を犯したのであるから。諸君らの中に故国を愛し得ぬ売国奴がいるか、いるならば名乗りを上げよ、その人物にわたしは罪を犯したのであるから。わたしはこうして返事を待っている。

平民全員　いないぞブルータス、一人もいないぞ。

ブルータス　ならばわたしはだれに対しても罪を犯していない。わたしがシーザーに対して行った行為、それは今後諸君らがこのブルータスに対して行って当然である。彼がその死を招いた所以《ゆえん》なるものは、記録としてキャピトルに残される。本来彼のものたるべき栄誉はいささかも軽減せられることなく、もって彼が死を蒙《こうむ》るに至った罪科はいささかも誇張せられることはない。

アントニーその他、シーザーの遺骸を運んで登場。

さ、遺骸が運ばれてきた。マーク・アントニーが哀悼の主《ぬし》だ。彼はシーザーの死に関与しなかったが、死による恩恵を受けて共和国の自由市民となる。諸君たちだれもがその身分を享受するであろう。最後にこのことを明言してわたしはここを引き揚げよう、わたしはわがローマのためにわが最愛の人を弑《しい》した、そのローマにしてわたしの死を望むとなれば、わたしは敢然として同じ刃《やいば》をわたしの胸に向ける者である。

平民全員　死んではならんぞブルータス、ブルータス万歳！

平民一　凱旋《がいせん》の列を組んでブルータスを家まで送ろう。

平民二　ブルータスの像を建てよう、先祖の像と並べて。

平民三　ブルータスをシーザーにしよう。

平民四　　　　　　　　　　シーザーのいいところが全部王冠を戴くことになるぞ、ブルータスなら。

平民一　みんな、勝鬨《かちどき》を上げて家まで送ろう。

ブルータス　わが同胞諸君。

平民二　　　　　　静かに、ブルータスが話すぞ。

平民一　おうい、静まれ！

ブルータス　ああ同胞諸君、わたしはひとりここを去る、わたしのためにも諸君らは、アントニーとともに留まってほしい。
シーザーの遺骸をうやうやしく葬り、シーザーの栄光の業績に
及ぶであろうマーク・アントニーの弔辞に敬意の耳を傾けてほしい、
その弔辞はもとよりわれらの許可によるものだ。
それでは諸君、アントニーの弔辞の終るまで、一人《いちにん》たりとも
この場を離れぬよう懇願する、離れるのはかくわたしひとり。
［退場］

平民一　みんな待てよ、マーク・アントニーの話も聞こうじゃないか。

平民三　壇の席に上がってもらおう。みんな、
聞こうぜ。さあアントニー、上がったり上がったり。

アントニー　ブルータスのおかげです、諸君ありがとう。

平民四　あいつ、ブルータスのことを何て言った？

平民三　ブルータスの
おかげだって、おれたちみんなにありがとうって言ったぞ。

平民四　ここじゃブルータスの悪口は言われんとも。

平民一　シーザーは暴君だったよなあ。

平民三　まったくだ、ローマからおさらばしてくれて本当によかった。

平民二　静かに、アントニーの話が聞こえないぞ。

アントニー　高貴なるローマ人たちよ——

平民全員　静かに！　みんなで聞こうぜ。

アントニー　友人たちよ、ローマ人たちよ、同胞たちよ、どうか耳を傾けてはくれまいか。

わたしがここに来たのはシーザーを葬るためであって、賞讃するためではありません。

それ、人の為《な》したる悪は死後も生きて残り、

人の為したる善は骨とともに葬り去られるのが常、

シーザーももって瞑《めい》すべきでありましょう。高潔なブルータスは

シーザーには野心あったと、そう言った、

いかにもさようならば、まことに遺憾とすべき欠点であり、

シーザーは遺憾なくこれの報いを受けたと申せましょう。

わたしはここに、ブルータス及び同志諸君らの許しを得て——
さようブルータスは高潔の人であり、
同志の諸君らもみなみな揃って高潔の人であります、
その高潔の同志らの許しを得てシーザーの葬儀の席で語ろうとする、
シーザーはわたしの友であり、わたしに対しては誠実にして廉直《れんちょく》、
だがブルータスはシーザーには野心があったと言う、
そしてそれを言うブルータスは高潔無比の人であります。
シーザーは数多くの捕虜をローマに連れ帰り、
その身代金をもって国庫を満たした。
これがシーザーにあっては野心とされたのでありましょうか？
貧しき人びとが泣き叫べばシーザーは共に泣いた、
野心の本質とはもっと冷酷非情なものではないでしょうか？
ああ、だがブルータスは彼には野心があったと言い、
そしてそれを言うブルータスはいかにも高潔無比の人。
諸君もそら見たでありましょう、あのルペルクスの日、

わたしは三度彼に王冠を差し出した、
それを三度とも彼は斥《しりぞ》けた。これが野心でありましょうか？
だがブルータスは彼には野心があったと言い、
そしてそれを言うブルータスはまことに高潔無比の人。
わたしはここにブルータスの言を否定し去ろうとするのではない、
ただわたしはわたしの知る限りの事実を述べるにとどまる。
諸君はかつてだれしもが彼を愛していた、愛するに足る理由が
あったであろうに、ならばなぜに今は彼の死を悼むのに躊躇《ちゅうちょ》する？
ああ分別よ、分別よ！　お前はいまや野獣のもとに去り、
人は人本来の理性を失ってしまった。ああ諸君、許して下さい、
わたしの心はシーザーと共にあの柩《ひつぎ》の中にある、
話を続けることができぬのだ、心がここに戻ってくるまで。

平民一　あいつの言うことも理屈に合うような気がするな。

平民二　よくよく考えてみると、シーザーの方が
ひどい目に遭《あ》ったような気がする。

平民三　そうかなあ。
後釜《あとがま》にもっとひどいのが来るかもしれんしなあ。
平民四　聞いたろう、シーザーは確かに王冠を受け取らなかった。
となると野心なんかなかったってことになるぜ。
平民一　そりゃ大変だ、だれが殺した責任をとるんだ。
平民二　そら、かわいそうにあいつの目、泣きはらして真っ赤だぞ。
平民三　ローマじゅうでアントニーほどりっぱなやつはいない。
平民四　聞こうぜ、また話が始まるぜ。
アントニー　わずかに昨日《きのう》の日まで、シーザー一語を発すれば
全世界たちまちにして畏怖し、いま今日の日その男の骸《むくろ》、ここに
低く横たわっていかな卑しき者もこれを顧みることをしない。
ああ諸君よ！　仮にもこのわたしが、諸君らの胸を搾《しぼ》り
心を駆って怒りの暴動へと突き動かす下心を抱いているとすれば、
それはブルータスを裏切り、キャシアスを裏切ることになる、ああ
しかし、諸君もとくとご承知、ブルータスもキャシアスも高潔無比、

わたしは彼らを裏切ることをせぬ、それよりはむしろ
死者を裏切り、わたし自身を裏切り、諸君らを裏切ることを選ぶ、
あの高潔無比なる二人を裏切るよりは。
ああしかし諸君、ここにシーザー自身の封印による書類があります、
彼の書斎からこのわたしが見つけたもの、それは彼の遺言書、
この証書の内容を平民諸君がもしも聞いたならば――
いやいやどうか許してほしい、わたしには読み上げるつもりは毛頭ないのだから、
　しかし
ひと言でも漏れ聞いたならば、諸君らはただちにシーザーのもとに
駆け寄り、傷口に口づけをし、その聖なる血に布をひたし、
そうとも、彼の髪の毛ひと筋をも記念の品にと乞い求めるで
ありましょう、そしてその死に際しては、それこそ遺言書の中に
書き入れるに相違ない、これは子々孫々に伝えるべき
貴い遺産であると。

平民四　遺言書を聞きたい、読んでくれマーク・アントニー。

平民全員　遺言書だ、遺言書だ、シーザーの遺言書だ！

アントニー　こらえて下さい、大切な友人たち、読むわけにはいかないのです、シー

　ザーが

どれほど諸君らを愛していたか、それをいまさら知るべきではない、

諸君らとても木石ならぬ人間なのだから、

そして人間である以上、シーザーの遺言書の内容を聞こうものなら、

痛憤烈火と燃え、狂乱怒濤《どとう》とうねるであろう、

諸君らがシーザーの遺産の相続人であるなどと知るのはよくない、

もし知ったならば、ああ想像することさえわたしには恐ろしい。

平民四　読んでくれ遺言書を、さあ聞かせてくれ、アントニー。

読めと言ったら読め、遺言書を、シーザーの遺言書を。

アントニー　ああどうかこらえてほしい、どうかしばらく、しばらく。

わたしとしたことが、つい行きすぎて口にしてしまった、

高潔無比な彼らを裏切ってはならないのだ、

短剣をもってシーザーを刺したあの高潔無比な人たちを。

平民四　あいつらは謀叛人だ、なにが高潔無比だ。
平民全員　遺言書だ！　遺言書だ！
平民二　あいつらは悪党だ、人殺しだ。遺言書を、さあ遺言書を読め。
アントニー　どうしても読めというのか、このわたしに？
ではシーザーの遺骸の周りに輪になってほしい、
まず遺言書を認《したた》めた本人の姿をじかに見せてあげよう。
諸君、演壇から降りてよろしいかな？　諸君の許しが得られるかな？
平民全員　降りていいぞ。
平民二　降りろ。
平民三　もちろんだとも。
平民四　さあ、輪になろうぜ。
円く囲んで。
平民一　柩《ひつぎ》から離れろ、ご遺体から離れろ。
平民二　さあ、アントニーが通るぞ、大事な大事なアントニーだ。
アントニー　そんなに近寄っちゃ困るな、もっと離れてくれよ。

平民全員　後へ！　道を開けろ、みんな後へ！

アントニー　涙があるなら、いまこそ流せ。

諸君はみんな見知っている、このマント、ぼくももちろん
知っている、シーザーがはじめてこれを纏《まと》ったときを、
それはある夏の夕べ、戦いのテントの中、
あの獰猛《どうもう》な北の蛮族を征服した勝利の日。
見よ、キャシアスの短剣が貫いたマントのこの跡を、
キャシアスの悪意が裂いて開いたこの傷口を、
愛されたブルータスが刺したのはここ、この場所、
呪いの刃《やいば》がいま引き抜かれたとき、
見よほとばしり出るシーザーの鮮血、われ先にと刃《やいば》の後を追った、
今の無慈悲無惨な訪問の主がまさにブルータスその人で
あったのかどうか、確かめずにはおられなかったのだ、
だって諸君、ブルータスこそはシーザーの寵児だったのだから。
ああご照覧あれ神々よ、シーザーがどれほどブルータスを愛して

いたか、これぞ史上最悪、無慈悲無惨の一撃、
高貴なるシーザーは刃《やいば》を翻すブルータスの姿を見て、
その忘恩に、そうだ、叛逆者どもの腕よりもはるかに強烈な
忘恩の一撃に敗れ去ったのだ。ここに偉大なる心《しん》の臓《ぞう》は破れた。
顔をこのマントで覆《おお》いつつ、
まさにポンペーの彫刻の台座の下、
どくどくと流れる血の海の中、シーザーはどうと倒れた。
ああ倒れたとも諸君、わが同胞諸君、
ぼくも、諸君らも、われわれのだれもが倒れたのだとも、
血まみれの反逆の剣がわれわれを制圧したのだとも。
ああ泣けよ泣け、諸君らはいま憐れみの
情に泣く、ああなんと尊い涙の雨。
ああ心優しい諸君、諸君らはシーザーの
傷つける衣裳を見て泣くか、では見よ――　　［マントを取り払う］
さあこの姿を、反逆者どもに切り刻まれたシーザーの姿を。

平民一　ああ、なんて傷ましい！
平民二　ああ、気高いシーザー！
平民三　ああ、なんて悲しい！
平民四　あの謀叛《むほん》人めら！　悪党めら！
平民一　ああ、この血！
平民二　ようし、復讐だ！
平民全員　復讐だ！　かかれ！　探せ！　燃やせ！　焼打ちだ！　殺せ！　みな殺しだ！
謀叛人は一人だって生かしてなるもんか。
アントニー　待ってくれたまえ、同胞諸君。
平民一　おうい静かに、アントニーが話してくれるぞ。
平民二　アントニーの話を聞こう、アントニーについて行こう、アントニーと一緒に死のう。
アントニー　ああわが友人たち、大切な友人たちよ、わたしの言に激して突如このような暴動に及ぶ事態はどうか避けてほしい。

今回謀叛の挙に出たのはいずれも高潔な人たちです。
いかなる個人的不満があってこの挙に出たのか、
ああわたしには知る由もない。彼らはみな賢明にして高潔、
必ずや整然と理由を述べたてて諸君に申し開きするでありましょう。
わたしは、友人諸君、諸君らの心を盗まんがために来たのではない、
わたしは、諸君、ブルータスのような雄弁家ではない。
諸君もようくご存じ、友を愛するだけが取り柄の
無骨愚直の田夫人《でんぷじん》、彼らもそれをよくよく知ればこそ、
この公共の場において、とくにシーザーのために弔辞を試みることを許可してくれ
たのでありましょう。
わたしは知恵を持たない、言葉を知らない、威厳もない、
弁舌の身ぶりも知らず、話術にも欠ける、聴衆の血を
沸かすなど思いも寄らない、わたしの頼りはただ率直。
これこのとおり、諸君らのご存じのところを語るだけです、
愛するシーザーの傷口を示し、もの言わぬその柘榴《ざくろ》の口に

わたしに代ってもの言うことを命じるのみです。ああもしもわたしがブルータスでブルータスがアントニーであったなら、そのアントニーは諸君の肺腑を掻《か》きむしってシーザーの傷の一つ一つに舌を与えようものを、そうとなればローマの石という石ついに黙《もだ》しがたく、立って呼ぶであろう、さあ暴動を、と。

平民全員　暴動だ！

平民一　ブルータスの家を焼打ちにしろ。

平民三　よし行こう、謀叛人どもを探せ。

アントニー　諸君、聞いてくれたまえ、同胞諸君、聞いてくれたまえ。

平民全員　おうい、静かに！　アントニーが話すぞ、大事な大事なアントニーが話すぞ！

アントニー　諸君、諸君らはわけも知らずに行動に走ろうとしている、いいかね、なにゆえにシーザーはこれほどまでに諸君の愛に値するのか？　ああ諸君が知らぬとあれば、ここはやはり言わざるをえないであろう。諸君らは先に言及した遺言書の話を忘れているのではないかな。

平民全員　そうだ、遺言書だ、まず遺言書の中みを聞こうじゃないか。
アントニー　これがその遺言書だ、ちゃんとシーザーの封印がある。
ローマ市民一人当り、すべてのローマ市民に一人当り、
七十五ドラクマを遺贈するとある。
平民二　ああ、りっぱなシーザーだ、きっと復讐するぞ。
平民三　ああ、王者シーザー。
アントニー　　　　諸君、落ち着いてくれたまえ。
平民全員　　　　　　　　　　　　　　　　おうい、静かに！
アントニー　遺贈はまだあるぞ、いいかな、私有の遊歩道、
私有の東屋《あずまや》、植樹したばかりの庭園、タイバー川の
こちら側の全部だ、それらをみんな諸君らに遺した、
諸君らの子々孫々に、永久に、そぞろ歩きの楽しみ、
余暇の楽しみ、そのための公園として。これがシーザーという
人間だったのだ。このような人間は二度と現れるだろうか？
平民一　現れるもんか、絶対に。よし、行こう。

シーザーのご遺体を聖なる火葬場で荼毘《だび》に付し、
その火で謀叛人どもの家を焼打ちにする。
ご遺体を抱き上げろ。

平民二　火を持ってこい！

平民三　ベンチを叩《たた》き壊せ！

平民四　叩き壊せ！　ベンチも、窓も、手当り次第だ！

［平民たち全員退場、シーザーの遺骸運び出される］

アントニー　あとは成行きまかせ。災いよ、いよいよ動き出したな、
どこへなりと好きな方に突っ走れ。

オクテイヴィアスの召使登場。

やあ、お前か。

召使　主人オクテイヴィアスすでにローマに到着。

アントニー　どこにいる？

召使　レピダスさまと一緒にシーザー邸に。

アントニー　よし、すぐに会いに行こう。
望みどおりの到着だ。運命の女神は上機嫌、
このご機嫌ならおれたちの望みのものをなんなりと恵んでくれる。
召使　主人の話では、ブルータスとキャシアスは気違いのように
馬を駆ってローマの城門を通り抜けたとか。
アントニー　どうやら平民どもがみごとこのおれに焚《た》きつけられたと
聞き知ったな。オクテイヴィアスのところに案内しろ。

［両人退場］

［第三幕第三場］

詩人のシナ登場。

シナ　昨日《きのう》の夜の夢でシーザーと一緒に豪華な食事をした、
逆夢《さかゆめ》なのか、どうも不吉な予感がしてならない。
家を出る気はないというのに、
どうしても出歩いてしまう。

平民たち登場。

平民一　こら、名前は？
平民二　行先は？
平民三　住いは？
平民四　女房持ちか独り身か？
平民二　一人一人の質問にまっすぐ答えろ。
平民一　そうだ、それに短くだ。
平民四　それに賢くだ。
平民三　それに正直にだ、その方が身の為だぞ。
シナ　ほほう、名前、行先、住い、女房のありなし、それで一人一人の質問にまっすぐに短く、賢く正直にか。それではまず賢い答えとしてわたしは独り身である。
平民二　それじゃ女房持ちは阿呆《あほう》ってことになるな。ふざけやがって、一発ぶんなぐってやるぞ。答えを続けろ、まっすぐに。
シナ　まっすぐに答えると、わたしはシーザーの葬儀にまっすぐに赴くところである。

平民一　味方としてか、敵としてか？
シナ　味方として。
平民二　それはまっすぐな答えでよろしい。
平民四　住いはどうだ、短く答えろ。
シナ　短く答えると、住いはキャピトルから短く近いところである。
平民三　名前は、正直に答えろよ。
シナ　正直に答えると名前はシナ。
平民一　こいつを八つ裂きにしろ、こいつは謀叛《むほん》人だ。
シナ　わたしは詩人のシナだ、詩人の方のシナだ。
平民四　八つ裂きにしろ、へぼ詩を書くやつは。へぼ詩は八つ裂きだ。
シナ　わたしは謀叛人のシナではない。
平民四　それがどうした、名前がシナだ。こいつの胸から名前をえぐり出して空の体を突っ返してやれ。
平民三　八つ裂きだ、こいつは八つ裂きだ。おうい燃えさしだ！　かっか燃えてるやつだ！　ブルータスの家だぞ、キャシアスの家だぞ。焼打ちだみんな。ディーシャスの家へ行け、キャスカの家へ行け、リゲイリアスの家へ行け。やれ！　行くぞ！

［全員退場］

［第四幕第一場］

アントニー、オクテイヴィアス、レピダス登場。

アントニー　これだけの人数は死刑だな、名前に印を打っておいた。

オクテイヴィアス　君の兄も死刑だ、いいね、レピダス。

レピダス　わかったよ。

オクテイヴィアス　印を打て、アントニー。

レピダス　パブリアスも死刑なんだよね、そういうことだよね、君の妹の息子さんも、ね、マーク・アントニー。

アントニー　死刑だとも。そら、ちゃんと地獄行きの印だ。さ、レピダス、シーザーの屋敷に行ってくれ。遺言書を取ってこい、遺産分配でわれわれの損失を削り込む工夫をしよう。

レピダス　それで、君たちはここにいるんだね？

オクテイヴィアス　ここにいなきゃキャピトル。

［レピダス退場］

アントニー　まったくなんの取柄もないつまらん男だ、
使いっ走りがせいぜいの役どころだ。全世界を
三分割してあの男が三分の一を分け持つなど
とんでもない話さ。

オクテイヴィアス　君の考えだったじゃないか、それは。
死刑宣告のぼくらの名簿づくりでも、
印をつけるのに君は彼の意見を採用した。

アントニー　いいかね、オクテイヴィアス、ぼくは君より長くこの世に生きている。
あの男に決定の名誉を与えたのは、なんだかんだと非難を
受けなくてはならぬおれたちの荷を肩代わりさせるためだ。
黄金を運ぶ驢馬《ろば》並みに背なの荷物に
ふうふう唸《うな》って大汗かいて、鼻面を引かれ

尻を叩《たた》かれ、おれたちの思いどおりに進んでもらうさ。
無事目的地まで財宝を運んでくれたら、
荷物を下ろしてお帰りいただく、あとは空荷の驢馬同然、
空っぽ頭の耳でも振って、草をもぐもぐ、
平民どもの共同牧草地でね。

オクテイヴィアス　そこまで君は言うかね。
彼は百戦錬磨の勇将だぞ。

アントニー　ぼくの馬も百戦錬磨だよ、オクテイヴィアス、
そのために飼葉はたっぷり与えてある。
調教もこのぼくだ、行け、
回れ、止まれ、走れまっすぐ。
馬の体はぼくの意志どおりに動く。
レピダスもだね、言ってみれば、ま、そのとおりだ。
必要なのは調教、訓練、前進の号令、
なにしろぼんくら不毛の頭、食いもの探して

ちょろちょろと、珍奇、浅薄、二番せんじ、
流行おくれの安物がなんでもあいつの
おしゃれのつもり。ばかなやつだよ、使い捨ての
ただの道具だ。それよりも、いいかオクテイヴィアス、われわれの
目下の重大事。ブルータスとキャシアスがしきりに
兵を集めている。こっちもすぐに軍を集結しなくてはならない。
それにはわれわれの結束を固め、さらに
同志を糾合《きゅうごう》して準備を徹底させる。
ともかく早速に会議を開くとしよう、
陰謀の摘発はもとより、
すでに明白な策動への洩《も》れない対処。

オクテイヴィアス　そうしよう。われわれは杭に繋《つな》がれた熊いじめの
熊だ、周りでは無数の敵どもが狂暴な唸《うな》り声を上げている。
微笑を浮かべる味方の中にも、いるかもしれぬ、心中深くに
謀略を山と隠しているのが。

［両人退場］

［第四幕第二場］

太鼓の効果音。

ブルータスと将校のルーシリアスが軍隊を率いて登場、舞台を行進する。

ブルータス　よし、止れ。

ルーシリアス［部下の兵士に］　命令を順次伝達せよ、全隊止れ。

命令の伝達続く。

将校のティティニアスがキャシアスの召使ピンダラスと登場。

ブルータス　どうだルーシリアス、キャシアスは近くか？

ルーシリアス　すぐ近くまで来ております、先にピンダラスが挨拶を伝えに到着しておりますが。

ブルータス　それはいかにも丁寧な話だ。——やあピンダラス、お前の主人はな、近頃人が変ったのか、部下に悪いのがいるのか、

取返しのつかぬ大失態ばかり、どうもそう判断せざるを
えないのが実情なのだよ。近くにいるのであれば
ぜひ本人から直接返答してもらおう。

ピンダラス　わたくしの主人は
尊敬に値する高潔なお方でございます。そのりっぱな
人格がありのまま明らかになるであろうと存じます。

ブルータス　そうであろうとは思うが。――どうかね、ルーシリアス、
彼は君を歓迎してくれたかね、そのあたりを聞かせてくれ。

ルーシリアス　礼節と十分な敬意をもって。
ですが親しい態度というか、打ちとけた
友人としての会話というか、以前はそうだったのですが、
どうもそのあたりが。

ブルータス　なるほど、よくわかった、
熱い友情の冷めていくのが。覚えておきたまえ、ルーシリアス、
病み衰えていく愛は

飾りものの儀礼を用いる。
これに対し純朴な信頼に手管は要らない。
虚ろな人間は初めいきりたつ馬、
颯爽《さっそう》たる風姿、勇気凛々《りんりん》の構え、

［行進の太鼓の効果音、低く］

しかしいざ血みどろの拍車がかかるとなると
たちまち頭を垂れる。つまりは見せかけだけの駄馬だ、
まるで役に立たぬ。彼の隊も来ているのかね？

ルーシリアス　今夜の宿営はサーディスの予定とか。
隊の主力、特に騎馬の全隊が
キャシアスに従っております。

ブルータス　あ、着いたな。
行進、緩行、キャシアスを出迎える。

キャシアスとその一隊登場。

キャシアス〔兵士たちに〕　全隊止れ。

ブルータス〔ルーシリアスに〕　止れ、命令を順次伝達。

ルーシリアス　止れ。

兵士一　止れ。

兵士二　止れ。

キャシアス　義兄《あに》よ、ぼくに対するあなたの扱いは不当だ。

ブルータス　ああ神々よ、ご照覧あれ、ぼくは敵でさえ不当に扱ったりはしない。ならばなんで弟を不当に扱うことがある。

キャシアス　ブルータス、そのまじめくさった態度で心の内を隠すのは止せ、君はいつだって――

ブルータス　そういきりたつな、キャシアス、不満があれば穏やかに言ってくれ、君のことはよく知っている。おたがいここに隊を率いる身だ、二人の間には友情以外はないと皆に思ってもらわねばならぬ、目の前での口論は止そう。まず隊を退《しりぞ》けてくれ、

その上でぼくのテントの中で君の不満を存分に話すがいい、
ちゃんと聞いてやろう。

キャシアス　ピンダラス、
隊長たちに命じて各自の隊をやや後方に
退《さが》らせてくれ。

ブルータス　ルーシリアス、同様の命令を、その上で
会談中テントになん人《ぴと》たりと近づけてはならぬ。
ルーシャスとティティニアスに戸口を見張らせろ。

［ブルータスとキャシアスを除き全員退場］

［第四幕第三場］

キャシアス　君のぼくに対する不当な扱いは明白だ。いいかい、
君はルーシャス・ペラを有罪とし弾劾した、
罪状はここサーディスの民衆からの収賄だ。その件で
ぼくは彼のために嘆願の手紙を書いた、彼の人物を

よく知ってるからだが、それを君は無視した。

ブルータス　そんなことで手紙を書くなど君自身を辱《はずかし》めるものだ。

キャシアス　このような時だからこそ、ほんの些細な罪をいちいち咎《とが》めだてするのはよくない。

ブルータス　なら言っておくがキャシアス、君の方こそ非難囂々《ごうごう》なのだぞ、手が汚いって、金ほしさに能もないやつらに官職を売りつけているって。

キャシアス　　　　　　　　手が汚い？
よくも言ったな、親友の名にあぐらをかいて、これがブルータスでなければもう絶対に命がないところだぞ。

ブルータス　こうした腐敗もキャシアスの名のもとに罷《まか》り通る、懲罰もおそれはばかってか姿を見せない。

キャシアス　懲罰！

ブルータス　忘れるなよ三月を、三月の十五日を忘れるな。

あの大ジューリアスが血を流したのは正義のためだった。われわれはあの体を手にかけ、あの体を刺した、あれが正義のためでなかったならわれわれはみんな悪党だ。いいか、われわれがあの地上最大の人物を倒したのも、もとはといえば彼が盗っとどもを庇護したという理由からだ、そのわれわれが、そのわれわれの中の一人が、いまこのときに、卑しい賄賂で指先を汚して、せっかくの壮大な名誉、重大な名誉をむざむざ売り渡す、わずか、これほどわずかひと握りの目腐れ金で。ローマ人を名乗るとはあきれ返る、そんな男を責めても無駄なこと、いっそ犬になって月に吠《ほ》えた方がましだ。

キャシアス　　　　　もういい、ブルータス、
我慢の限界だ。君はどうかしているぞ、なにからなにまでぼくを手の内に封じ込めようだなんて。いいか、ぼくもひとかどの軍人だ、君よりも実戦の経験があり、軍事の処理についてはずっと有能だ。

ブルータス　笑わせるなキャシアス、なにが有能だ。
キャシアス　有能だとも。
ブルータス　違う、有能ではない。
キャシアス　これ以上怒らせたら、こっちがどうなるかわからん。
君の身の安全を考えてどうかそこまでにしてくれ。
ブルータス　出て行け、虫けら。
キャシアス　本気かそれは？
ブルータス　　　　　　　そうだ、いくらでも言うぞ。
癇癪《かんしゃく》を起こせば恐れ入るとでも思ったか。
気違いに睨《にら》まれれば驚くとでも思ったか。
キャシアス　ああ神々よ、神々よ、この侮辱に耐えねばならぬのか。
ブルータス　耐えるどころか、ようし、いっそその高慢な心臓など
破れてしまえ。お前の癇癪は奴隷を相手にしろ、きっと
青くなってぶるぶる震えるだろう。だがわたしはひるみはしない。
ご機嫌をとるなどもっての外だ。お前の短気の前にはいつくばって

畏《かしこ》まるなどあってなるものか。ばかを考えるな、
お前のその怒りの毒気は自分で始末することだな、
腹に飲み込んでその体を破裂させろ。いいか、
今日この日からお前はわたしの道化役だ、お笑い草だ、
ぷりぷり怒れば大笑いだ。

キャシアス　よくもそこまで。

ブルータス　君は軍人としてわたしより優秀だと言ったな。
では証拠を見せてもらおう、大言壮語の実を示してもらえれば
大変にありがたい。わたしはこれでも
高潔な人物に教えを乞うことを欣快《きんかい》とする者だ。

キャシアス　曲解だ、なにからなにまで曲解だぞブルータス、
ぼくは経験があると言ったが優秀とは言っていない、
「優秀」という言葉を使ったか？

ブルータス　使えよ、どんどん使えよ。

キャシアス　生前のシーザーでさえもそこまでわたしを怒らせることはなかっただろ

う。

ブルータス　黙れ、黙れ、君の方にけしかける勇気がなかったくせに。

キャシアス　勇気がなかった?

ブルータス　そうだ。

キャシアス　けしかけるだけの勇気がなかった?　勇気がなかった、絶対になかった。

ブルータス

キャシアス　これまでの友情に甘えてつけ上がるな、

おれは手を出したくない、いま手を出せば後悔する。

ブルータス　もうやっただろう、後悔することなら。

ふん、こわくないともキャシアス、いくらおどしたって、

ぼくは誠実という鎧《よろい》で武装しているからね、

そんなおどしはどこ吹く風でかすりもしないぞ、

屁とも思わないぞ。いつか君に無心したことがあったよな、

まとまった額の金が必要になって、それを君は拒否したじゃないか、

ぼくは卑劣な手段で金を用意することができん男だってのに。

ああ、ぼくはこの心臓を鋳《い》直して流れる血の
一滴一滴をドラクマ銀貨にしたたらせるとも、
百姓どものごわごわの手から汗くさい銭《ぜに》を
無法にしぼり取るよりは。あのとき君に
無心した金はぼくの軍隊への給料だった、
それを君は拒否した。あれがキャシアスのやり口か。
ぼくだったらケイアス・キャシアスにああは返事しなかった。
ああ、マーカス・ブルータスが強欲に陥って、大切な友人に
あぶくの小銭のわずかでも出し惜しむようなことがあるならば、
ああ神々よ、すべての雷電をひと思いに下してそのマーカスを
粉々に打ち砕きたまえ。

キャシアス　　ぼくは拒否しなかった。

ブルータス　拒否した。

キャシアス　拒否していない。返事を持ち帰った使者がまったくの
愚か者だった。ああブルータスはわたしの心をまっ二つにした。

友たる者、相手の弱点を忍ぶべきなのに、
ブルータスはわたしの弱点を大げさに言い立てる。
ブルータス　言い立てるのではない、君がさらけ出すのだ。
キャシアス　君はぼくを愛していない。
ブルータス　君の欠点が嫌いなのだ。
キャシアス　友であればそんな些細《ささい》な欠点など目に入らない。
ブルータス　入らないのは追従者の目、それがオリンパスの山ほどの
巨大な欠点であろうとも。
キャシアス　ああアントニーよ、若いオクテイヴィアスよ、
君らの復讐はキャシアス一人が引き受けた、
キャシアスはもうこの世がいやになったのだよ。
愛する人に憎まれ、兄じゃ人に侮《あなど》られ、
奴隷のように罵《ののし》られ、欠点はなにもかにも洗いざらい、
観察、記帳、丸暗記、たちまち非難の
雨あられ。ああぼくは泣きたい、泣けば男の意地も涙と一緒に

流してしまえるだろうに。さあ、ここにぼくの短剣がある、
ここにははだけた胸がある、胸の中には心臓が、
その価値たるや、宝の神の埋蔵、黄金の鉱脈、などて及びえよう、
さ、ローマ人の名にかけて、これをえぐり出して下さい、
君に黄金を拒否したというのだから、代りにこの心臓を上げよう。
さ、刺して下さい、シーザーを刺したように。わかっているとも、
君はシーザーを最も憎んでいたときでさえも、このキャシアスよりも
ずうっとずうっと愛していた。

ブルータス　剣は鞘《さや》に納めてくれ。
怒りたければ怒ってくれ、止めだてはしない。
なにをしようと、侮辱は短気のせいだとしよう。
ああキャシアスよ、君と一緒の軛《くびき》の相方は小羊だよ、
運ぶ怒りは火打石、怒りの火を宿していても、
はげしく打たれて発した火花はなんと短くあわただしい、
すぐにまた冷めてしまう。

キャシアス　　　　このキャシアス生涯は
わが友ブルータスの道化役、お笑い草の役回りか、あわれ
本人は悲しみに暮れ不安でいたたまれないというのに。
ブルータス　あれは言い過ぎだった、ぼくもついいらいらと、いたたまれない気持だった。
キャシアス　そこまで言ってくれるのか？　ああ、どうか君の手を。
ブルータス　心も一緒に差し出そう。
キャシアス　　　　ああブルータス！
ブルータス　　　　　　　　どうしたんだい？
キャシアス　君の友情はこんなぼくを許してくれるだろうか。
母親から受け継いだ怒りやすいこの気性が、つい我を
忘れさせてしまったとしても。
ブルータス　　　　許すともキャシアス、これからは
君の友ブルータスに君がむきになってかかってきたなら、
君の母上がぼくを叱《しか》っているのだと思って黙っているよ。

詩人登場、ルーシリアスとティティニアスが続く。

詩人　通せ、両将軍にお目通りしたい。
ご両所の間《かん》にいさかいがあると聞いたぞ、ならば
お二人だけではよくない。

ルーシリアス　　　　ならん、ご命令だ。

詩人　殺されても参上するぞ。

キャシアス　どうしたというのだ、何の騒ぎだ。

詩人　恥を知りなされ両将軍とも、いったい何のおつもりか。
両人友垣を結べば全軍相和すべし、
長老の直言、心して聞くべし。

キャシアス　いやはや、臍《へそ》曲がりめが、とんだ詩の直言だ。

ブルータス　帰れ、帰れ、無礼者、出て行け。

キャシアス　こらえてやってよブルータス、いつもこうなんだから。

ブルータス　こいつの変人ぶりは認めてやらんでもない、場所さえ

弁《わきま》えていれば。だがいまは戦時だ、へぼ詩人の出る幕ではない。
さっさと出て行け。

[詩人退場]

キャシアス　さ、帰れ、帰れ。

ブルータス　ルーシリアス、それにティティニアス、
隊長らに命じて夜営の準備をさせろ。

キャシアス　終ったらメサーラも連れて
ただちにこの場に戻れ。

[ルーシリアスとティティニアス退場]

ブルータス［呼ばわる］　ルーシャス！　酒をくれ。

キャシアス　君があんなに激昂するとは思いも寄らなかった。

ブルータス　キャシアスよ、悲しいことが重なって気が滅入っていたのだよ。

キャシアス　せっかくの君の哲学はどうなったのだい、
偶然の災厄などに負けない君だろう。

ブルータス　だれがこの悲しみに耐えられるだろう。ポーシャが死んだ。

キャシアス　まさかそんな、奥さんが？
ブルータス　死んだ。
キャシアス　君をあんなに怒らせて、よく殺されなかったものだ。
ああ、耐えられない悲しみのどん底！
何の病気で？
ブルータス　ぼくがそばを離れているのに耐えきれなかった、
それに若いオクテイヴィアスとマーク・アントニーが勢力を
伸長してきている。その情報も死の知らせと一緒に
ぼくに届いている、ともかくそれで錯乱状態になり、
召使たちの目を盗んで火を飲んだ。
キャシアス　それで死んだ？
ブルータス　そうだよ。
キャシアス　ああ不死なる神々よ！
　ルーシャスが酒と蠟燭《ろうそく》を用意して登場。

ブルータス　ポーシャのことはもういい。酒をくれ。
この 杯《さかずき》 の中に一切の行き違いを葬り去ろう。　［飲む］
キャシアス　その気高い乾杯をこの胸が渇き求めていた。
注いでくれルーシャス、杯になみなみと溢《あふ》れるまで。
ブルータスの友情のためならいくら飲んでも飲みきれない。　［飲む］
［ルーシャス退場］

ティティニアスとメサーラ登場。

ブルータス　ティティニアス、ご苦労だった。待っていたよメサーラ。
さ、この蠟燭の周りに固まって坐って
直面する緊急事態について検討をしよう。
キャシアス　ポーシャ、あなたは行ってしまったのか。
ブルータス　その話はいい、頼む。
メサーラ、ここに受け取った手紙によれば、
若いオクテイヴィアスとマーク・アントニーは

強大な軍を擁《よう》して進撃を開始した、
進軍の先はフィリパイ。

メサーラ　わたくしも同趣旨の書状を受け取っております。

ブルータス　ほかになにか知らせはなかったか？

メサーラ　死刑宣告、さらに法律保護停止令によって、
オクテイヴィアス、アントニー、レピダスは
百名の元老院議員を粛清いたしましたとか。

ブルータス　その点でわたしの手紙と一致せんな。
死刑宣告による元老院議員の死者は
七十人、シセローがその中の一人だ。

キャシアス　シセローも？

メサーラ　シセローも、
シセローも死刑の宣告によって処刑されました。
奥さまからのお手紙は来ておりませんか？

ブルータス　来ていない、メサーラ。

メサーラ　その手紙には奥さまのことについて何か？
ブルータス　いやなにも、メサーラ。
メサーラ　　　　　　　　　それはどうも変に思われますが。
ブルータス　なんで妻のことを聞く、お前の手紙に何かあったのか？
メサーラ　いいえ。
ブルータス　お前もローマ人だ、真実を話せ。
メサーラ　話す真実をローマ人らしく耐えて下さい。
確実に奥さまはお亡くなりになりました、それも異様な手段で。
ブルータス　ポーシャよ、さようなら。なあメサーラ、人間はみな
死ぬ運命にあるのだよ。あれもいつかは死なねばならなかった、
そう考えれば、いまわたしは気力をもって耐えることができる。
メサーラ　偉大な人間は大きな喪失に耐えねばなりません、それが道理でございましょ
う。
キャシアス　ブルータス、ぼくも理論の上ではそれだけの気力はある、
だが情としてぼくにはとうてい耐えきれぬだろう。

ブルータス　さあ、生者の問題にかかろう。どうかね、
ただちにフィリパイに進軍するというのは？
キャシアス　ぼくは反対だな。
ブルータス　理由は？
キャシアス　理由はだね、
敵にここまで来させた方が上策だから。
その分物資の費消、兵力の消耗を招き、
敵はみずから損害を蒙《こうむ》る。一方待機のわが軍は
休養十分、防備万全、機敏に応戦することができる。
ブルータス　どんな理由にも優劣はつきものだよ。いいかね、
フィリパイとここサーディス間の住民は
面従腹背《めんじゅうふくはい》の状態にあると思う、
わが軍による徴発にも不平が多かった。
敵軍はその住民の間を縫《ぬ》って進軍してくるのだから、
途中その員数は住民の加入で次第にふくらむだろう、

あらたな士気、増大する兵力、勇気凛々《りんりん》の攻撃となる。
その優勢をぜひとも断ち切るため、
わが方がフィリパイに軍を進め敵と対峙する、住民たちを
背後にした陣形になる。

キャシアス　　　　　　　　兄上よ、聞いてくれ――

ブルータス　ちょっと待て。もう一つ大事な点がある、
われわれは同志から最大限の援助を得て
全軍の士気は横溢《おういつ》、戦機はすでに熟し切った。
対する敵勢は日々に増大、
いまが絶頂のわが方は下降へと向う。
およそ人事には潮時というものがある、
上げ潮に乗れば行き着くは幸運の港、
あえて乗り損ねれば、人生その航路は
浅瀬と悲惨に身動きもならない。
われわれがいま浮かぶのは大いなる満潮だ、

流れに逆らわず流れを捉えよう、せっかくの
積荷を失ってはならぬ。

キャシアス　では君の意見を尊重しよう。
わが方は軍を進めてフィリパイで敵と会戦する。

ブルータス　話しているうちに夜が深く忍び込んできた、
人間の体は無理がきかない、
必要最小限の休息を体に与えることにしよう。
ほかにまだ話すことは？

キャシアス　もうない。おやすみ。
明朝早起きして出発だ。

ブルータス［呼ばわる］ルーシャス、部屋着だ！――じゃ、メサーラ。
おやすみ、ティティニアス。わが敬愛するキャシアス、
おやすみ、ぐっすり眠れよ。

キャシアス　ああ兄上よ、
今夜はひどい幕開きだった。二度とふたたび

二人の心を引き裂くいさかいが起こらぬように。
ブルータス、おたがい気をつけよう。

ルーシャス、部屋着を持って登場。

ブルータス　万事順調だ。
キャシアス　おやすみなさい。
ブルータス　おやすみ、弟。
ティティニアス、メサーラ　おやすみなさい。
ブルータス　では諸君。

[キャシアス、ティティニアス、メサーラ退場]

部屋着をくれ。楽器はどうした？
ルーシャス　このテントの中です。
ブルータス　おやおや、眠たそうな返事だな。
かわいそうに、お前を咎《とが》めているのではない、おそくまで起きていて
さぞ疲れただろう。クローディオたちを呼んでくれ、

このテントの小ぶとんで寝てもらう。
ルーシャス　ヴァラス、クローディオ！

ヴァラスとクローディオ登場。

ヴァラス　お呼びでしょうか。
ブルータス　すまんがわたしのテントで寝てくれんか。すぐに起こすことになるかもしれん、弟のキャシアスへの用を思い立って。
ヴァラス　よろしければ立ち番でご用を勤めましょう。
ブルータス　いやそれは困る、どうか横になってくれ、考えが変るかもしれんから。
あれあれ、ルーシャス、あんなに探していた本がここにあった、この部屋着のポケットにしまってあった。
ルーシャス　わたくしもたしか旦那さまからお預かりしませんでした。
ブルータス　いやすまなかった、どうも忘れっぽくて困る。

どうかね、その重い瞼《まぶた》をしばらく上げて
一ふしか二ふし弾いてはくれんか。
ルーシャス　はい、旦那さまのお望みとあれば。
ブルータス　ああ頼むよ。
無理ばかり言うがいつもよく聞いてくれる。
ルーシャス　仕事でございます。
ブルータス　仕事に甘えて力以上のことを押しつけてはなるまい、
若い体には休息が必要のはずだからな。
ルーシャス　わたくしはひと眠りいたしております。
ブルータス　それはよかった、またすぐ休ませてやる、
長く引き止めはせん。この先命が許されるなら
きっと報いてやろう。

［音楽と歌］

眠たげな調子だな。ああ意識を殺す眠りよ、
お前はこの子の肩も鉛の杖で打つのか、せっかく

お前のために楽を奏していたというのに。おやすみ、やさしい子よ、
お前を起こすようなむごいことはせん。
そうか、こっくりやって楽器を毀《こわ》しても困るな、
預かっておいてやるからゆっくりおやすみ。
どれどれ、この前読みさしのところで
たしかページを折っておいたはずだ。そうだ、ここだな。

シーザーの亡霊登場。

蠟燭《ろうそく》の明りが暗いな。や！　だれだ？
目が弱くなったせいなのか、
あの奇怪な姿が浮かぶのは。
こっちへ近づいてくるぞ。お前は実在のものか？
神か、天使か、それとも悪魔か？
おれの血は凍り、髪の毛は逆立つ。
語れ、お前の正体を。

亡霊　おまえに付きまとう悪霊だ、ブルータス。

ブルータス　なぜ現れた？

亡霊　フィリパイで会うのを告げるために。

ブルータス　そうか、ではまた会うことになるのだな。

亡霊　そうだ、フィリパイで。

ブルータス　ではきっとフィリパイで会うぞ。

［亡霊退場］

おれが気を取り直したら消えてしまった。

悪霊めが、もう少し話したかったのに。

おい、ルーシャス、ヴァラス、クローディオ。みんな起きろ。

クローディオ。

ルーシャス　弦の調子が狂ってしまいました。

ブルータス　こいつ、まだ楽器を弾いている気だ。

ルーシャス、起きろ。

ルーシャス　は？

ブルータス　ルーシャス、夢を見たのか、あんな大声を出して？
ルーシャス　さあ、大声を出したはずはありませんが。
ブルータス　いや大声を出した。なにか変ったものを見なかったか？
ルーシャス　いいえなにも。
ブルータス　眠り直せ、ルーシャス。おい、クローディオ。
［ヴァラスに］おい起きろ、お前も。
ヴァラス　　　　　　　　　　　　　　　はい。
クローディオ　　　　　　　　　　　　　　はい。
ブルータス　眠りながらなんであんな大声を出した？
ヴァラス、クローディオ　眠りながらですか？
ブルータス　　　　　　　　　　　　　　そうだ、なにか見ただろう。
ヴァラス　いいえ、なにも見ておりません。
クローディオ　　　　　　　　　　　　　わたくしも。
ブルータス　よし、弟のキャシアスによろしく伝えてくれ。
早朝ひと足先に出発するようにと、

こちらもすぐに続く。

ヴァラス、クローディオ　はい、伝えます。

［一同退場］

［第五幕第一場］

オクテイヴィアス、アントニー、及びその軍隊登場。

オクテイヴィアス　どうだアントニー、おれたちの期待どおりだ。
君の予想だと敵はここまで降りてこずに
あの高地、丘陵地帯に拠るだろうとのことだった。
だが違ったな、敵の主力はすぐ近くまで来ている、
どうやらここフィリパイで戦う気らしい、
こっちで仕掛ける先に向こうで応じてくれた。

アントニー　なあに、あいつらの肚《はら》なら読めている、わざわざ
ここまで降りてきたそのわけもお見通しだ。できれば
別な場所が望みだったろうが、恐怖を押し隠した

空元気、ここで虚勢を張っておけば、勇気凛々《りんりん》の見せかけに
こっちがとことんおじけづくだろうとの皮算用、
なあにそうはいかん。

使者登場。

使者　ご用意を、将軍がた、
敵はいかにも威風堂々とこちらに向かっております。
掲げるは戦闘開始の真紅の旗、
ただちに応戦のご準備を願わねば。

アントニー　オクテイヴィアス、君は君の軍を
平原左翼に慎重に進めろ。

オクテイヴィアス　右翼だよ、ぼくは、君が左翼に回れ。

アントニー　この緊急のときに逆らうものではない。

オクテイヴィアス　逆らわんよ、そうするだけの話だ。

オクテイヴィアス、アントニー、及びその軍隊舞台上を行進。
太鼓の音響効果。
ブルータス、キャシアス、及びその軍隊登場。

ブルータス　敵の行進が停止した、会談を求めているようだ。
キャシアス　ティティニアス、「全隊止まれ」の命令を。二人で出向いて話してくる。
オクテイヴィアス　アントニー、戦闘開始の合図を掲げようか？
アントニー　いやシーザー、敵の攻撃を待とう。
さ、おれたちも出よう、向こうの将軍たちが話したがっている。
オクテイヴィアス〔将校たちに〕　合図があるまで動くな。
ブルータス　剣の前に舌というわけか、え、同胞諸君。
オクテイヴィアス　われわれは口舌の徒とは違うぞ、君らのような。
ブルータス　よき弁舌は悪しき剣に勝るというぞ、オクテイヴィアス。
アントニー　悪しき剣を振って弁舌で飾るか、え、ブルータス。
その証拠がシーザーの心臓をえぐった剣の傷口、

口では「シーザー万歳」を叫んでいたな。

キャシアス　アントニー、

君の剣さばきのほどはまだ知らないが、その甘い舌先ときたら

ヒュブラの蜜蜂の蜜をごっそり掠《かす》めてきたな、

おかげで蜜蜂は蜜なしになったというぞ。

アントニー　針までは全部奪えなかったよ。

ブルータス　なにを言うか、羽音まで全部だ。

ぶんぶんうるさい君の舌は元はといえば蜜蜂のもの、

刺す前に脅すとは賢明、賢明。

アントニー　悪党めが、君らは前もって脅すことさえしなかった、

悪の短剣が火花を散らしてシーザーの脇腹を刺したとき。

君らはだね、猿のように歯をみせてにたにた笑った、犬のように

ひょこひょこしっぽを振った、奴隷のように腰を屈めてシーザーの

足に接吻した。するとあの地獄のキャスカが野良犬のように

後ろからシーザーの首筋を刺した。君らは追従専門の犬畜生だ。

キャシアス　犬畜生だ？　ああブルータス、悪いのは君だよ、
今になってこんな悪口《あっこう》を浴びせられることはなかったのに、あのとき
このキャシアスの言うとおりアントニーの始末をつけておけば。
オクテイヴィアス　もういい、本題に入ろう。言葉の戦いでこの汗だ、
いよいよ実地で戦うとなったら血の汗がしたたるだろう。
見よ、
わたしは謀叛《むほん》人どもの頭上に剣を抜く。
この剣が鞘《さや》に納まるのはいつの日か。
それはシーザー三十三個所の傷口の復讐が
みごと果されたとき、果されぬとあれば、それ、
ここなるシーザーが無念や謀叛人どもの血祭りに。
ブルータス　君を血祭りに上げるのは謀叛人の刃《やいば》ではない、正義の刃だ、
謀叛人がいるとすればそれは君の部下。
オクテイヴィアス　　　　　　　　正義の刃とは笑わせる、
ブルータスごときの剣にかかるような生れではない。

ブルータス　シーザー一族で最高の血筋を受け継いでいようと、
いいか若僧、この剣にかかるのが最高の名誉と思え、
キャシアス　名誉もなにも剣の穢《けが》れだ、たわけ者の
鼻たれ小僧が、飲んだくれの遊び人の手下のくせに。
アントニー　相変わらずのキャシアスだ。
オクテイヴィアス　さ、アントニー、行こう。
いいか、謀叛人ども、われらのこの挑戦を真っ正面から受けるがいい。
今日にも戦う勇気があるなら戦場で待っている。
勇気がないならその気になるまで待ってやる。
［オクテイヴィアスとアントニー、及びその軍隊退場］
キャシアス　ようし、風よ吹け、波よ逆巻け、船よ行け。
嵐だ、大嵐だ、運否天賦《うんぷてんぷ》の大勝負だ。
ブルータス　おうい、ルーシリアス、話がある。
ルーシリアス　はい。
［ブルータスとルーシリアスは舞台の一方で話し合う］

キャシアス メサーラ。

メサーラ はい将軍、ご用は?

キャシアス なあメサーラ、
今日はわたしの誕生日だ。今日この日に
キャシアスは生れた。手をくれ、メサーラ、
どうか今度の証人になってくれ、わたしはみずからの意に反して、
あのポンペーのように、やむなくこの一戦に
われらすべての自由を賭《か》けることになった。
君も承知のとおり、わたしはエピクロスを信じ
その説を奉じてきた。だがね、今は考えが変って
前兆というものにある程度信を置く気になっているのだよ。
サーディスから進軍中、わが軍先頭の軍旗に
強大な鷲《わし》が二羽舞い下りて、そこに留まったまま
兵士たちの手から餌《えさ》を勢いよく食べていた、
フィリパイまでわが軍の道づれのように。

それが今朝になったら飛び立っていない。
その代り大小の鳥ども、それに鳶《とんび》の群れが
わが軍の頭上をうるさく飛び交い、瀕死の餌食《えじき》を見下すように
われわれを見下している。空を覆《おお》う鳥どもの影は
あたかも死の床の大いなる天蓋《てんがい》のよう、その下に横たわる
兵士らはいまにもこと切れる亡者のよう。

メサーラ　信じなさいますな、そんな。

キャシアス　頭から信じているのではない、
大丈夫だ、わたしは勇気もあらたに、いかなる危難にも
断固戦う決意でいるのだから。

ブルータス　そのとおりだともルーシリアス。　［キャシアスの方に戻る］

キャシアス　敬愛するブルータスよ、
今日この決戦の日、神々がどうかわが方の味方に立たれるよう、
それあってわれらは平和のうちに睦《むつ》み合い、無事平穏な老年を迎えることができる。
だがなにごとも定めがたいのが人の世の常なのだから、

今度も最悪の事態を予測して対処の道を考えておこう。
この戦いに敗れるとすれば今が
二人の話し合う最後の機会になる。
その場合君の決心はどうかね。

ブルータス　ぼくにはぼくの行動を律する哲学がある。
その哲学に照らして、かつてぼくはケイトーがみずからに
施した死の手段を非難したことがあった。どうもぼくはだね、
先に起こることを恐れるあまり、そのような手段によって
生命の終期を早めるのは卑怯で卑劣なことに
思えてならんのだよ。そこからすれば、ぼくは忍耐をもって
わが身を鎧《よろ》い、下界の人間を統《す》べる天意の発動を
じっと待つことに。

キャシアス　じゃ君は、万が一敗戦のときには、
敵の勝利の行列の飾りものになって
ローマの町じゅう引き回されていいというのかね。

ブルータス　違うキャシアス、それは違う。君も高潔なローマ人だろう、
仮にもこのブルータスが縄目の恥辱を受けてローマに連れ戻されるなどと考えないでくれ。
ブルータスの心ははるかに大きいのだよ。ともかく今日この日、
三月十五日に始めたわれらの大仕事に決着がつく。
たがいに再会は期し難い、
ならば永久《とわ》の別れをいまこのときに。
さらばよさらば、とこしなえに、キャシアスよ。
ふたたび相見ることが叶《かな》うたならば笑顔を交わそう、
叶わぬとなればこれが今生《こんじょう》の別れだ。
キャシアス　さらばよさらば、とこしなえに、ブルータスよ。
ふたたび相見ることが叶うたならば交わす笑顔よ、
叶わぬとなればまこと今生の別れよ。
ブルータス　よし、兵を進めてくれ。ああ人の身に
この日の戦さの結末の予知できるはずはなし。

予知はできずともおのずと今日の日は終る、ああ、
終れば結末はついているか。ようし、進軍を。

［全員退場］

［第五幕第二場］

ラッパによる戦闘の合図。
ブルータスとメサーラ登場。

ブルータス　馬だ、馬を飛ばせメサーラ、この指図を
向こう側の友軍に大至急だ。

［ラッパの合図ひときわ高く］

すぐに攻撃に移るように、オクテイヴィアスの軍は
見るからに戦意喪失、
いま急襲をかければ総崩れだ。
飛ばせメサーラ、一斉攻撃は今だぞ。

［両人退場］

［第五幕第三場］

ラッパによる戦闘の合図。
キャシアスとティティニアス登場。

キャシアス　見ろティティニアス、腰抜けどもの逃げ足の早いこと。なんとおれは自分の部下に対して敵の役回りだ。旗手のやつが逃げようとしたのであの臆病者を叩《たた》き切って軍旗を取り上げた。

ティティニアス　ああキャシアス、ブルータスの攻撃命令が早過ぎた、オクテイヴィアスに対しいくらか優位に立ったからといって図に乗ってはいけなかったのです。部下たちが略奪に夢中になっているうちに、こっちがアントニーに包囲されてしまった。

ピンダラス登場。

ピンダラス　旦那さま、逃げて下さい、ここでは危ない、マーク・アントニーが旦那さまの陣地を占領しました。

ですから旦那さまはもっと遠くまで逃げなくては。

キャシアス　この丘でもう十分だよ。や、見ろティティニアス、
あそこに火の手が上ったが、あれはおれの陣地か？

ティティニアス　まちがいありません。

キャシアス　なあティティニアス、頼む、
おれの馬に跳び乗って拍車を深く当てろ、
あそこの隊まで駆けてきてくれ、
すぐに戻れ、あれが味方か敵か
なんとしても確かめねばならん。

ティティニアス　すぐに戻ります、矢よりも早く。　［退場］

キャシアス　ピンダラス、お前はもう少し上まで丘を登ってくれ。
おれは昔から目が遠い。ティティニアスから目を離すなよ、
なにか変ったことがあったらすぐに聞かせろ。

［ピンダラスが舞台上部に上る］

今日この日にわたしは産声を上げた。時はぐるりとひとめぐり、

起点がすなわち終着点ということか。わたしの一生は
生の円環をこうやって駆け抜けた。おうい、どうだ様子は？
ピンダラス［上から］　旦那さま！
キャシアス　どうした？
ピンダラス　ティティニアスが囲まれました、
拍車を当てて駆けてきた騎兵たちに。
ティティニアスも飛ばしています。だめだ、追いつかれた。
あれ、ティティニアス！　敵がぱらぱらと馬を下ります、あ、ティティニアスも降
りました。
捕まったんだ。

［叫び声舞台裏］

ほら、聞こえますか、敵の勝鬨《かちどき》です。
キャシアス　下りてこい、もういい。
ああおれは卑怯者だ、おめおめと生き長らえて
最愛の友が目の前で捕えられるのを座視している。

ピンダラスが下りてくる。

おい、ここへ来い。
パーシアでおれはお前を捕虜にした、
そのときお前に誓わせたな、命を助けてやる代り
おれの命令はどんなことでもきっと
やるのだと。さ、今がその誓いを果すとき、
今からお前は自由の身だ、この剣で、シーザーの
腹をえぐったこの名誉の剣で、おれの胸を刺し通せ。
返事にぐずぐずするな。さ、さ、この柄《つか》を握って、
おれが顔を覆《おお》ったなら、さ、今だ、
まっすぐ突いてこい。

［ピンダラスがキャシアスを刺す］

シーザー、本望だろう、
お前が刺されたその剣で復讐が成った。

［死ぬ］

ピンダラス　これで自由の身になった。だがこんなふうにしてまで、
自分の気持に逆らってまで、自由の身になるだなんて。ああ、
旦那さま、この国から遠く離れてピンダラスは逃げていきます、
二度とローマ人の目にふれることはないでしょう。　　　　　［退場］

ティティニアスとメサーラ登場。

メサーラ　ま、お相《あい》こってやつだな、ティティニアス、
キャシアスの隊がアントニーにやられたぶん、
オクテイヴィアスがブルータスの軍にやられたのだから。
ティティニアス　この知らせにキャシアスも喜ぶだろう。
メサーラ　どこで別れたのかね？
ティティニアス　　　　　　　　すっかり落ち込んで、
奴隷のピンダラスとこの丘の上で。
メサーラ　あれは違うか、地面に伏せているが。
ティティニアス　生きているようにはみえない。あ、まさか！

メサーラ　キャシアスか？

ティティニアス　いや違う、メサーラ、キャシアスだった人だ。
キャシアスはもういない。ああ、沈む太陽よ、
お前は赤い夕焼けに包まれて夜の闇へと沈んでいく。ちょうど
そのように、キャシアスの日も、赤い血潮に彩られていま終った。
ローマの太陽は沈んだ。われらの日も暮れて沈んだ。
この先現れるは暗鬱の雲、涙の露、夜の危険、ああやんぬるかな、
わたしの報告を凶とみてこんなことに。

メサーラ　せっかくの吉報を逆にみてこんなことに。
ああ、憎むべき誤解、憂鬱の落し子、
お前はなんでまた刻まれやすい人の心に
ありもせぬ幻を刻み込んでみせるのか。ああ、誤解よ、
早まって孕《はら》まれ、無事産み落とされるとなると
きまって産褥《さんじょく》の母親を殺してしまう。

ティティニアス　おういピンダラス、どこだピンダラス。

メサーラ　あいつを探せティティニアス、ぼくはブルータスを
迎えに行く、あの人の耳にこの知らせを
突き刺すために。これは「突き刺す」以外のなにものでもない、
鋭い切先、毒の投げ槍、ブルータスの耳には
その方がまだましだろうから、この光景の
報告に比べたら。

ティティニアス　急げメサーラ、
ぼくはその間《あいだ》にピンダラスを探しておく。

［メサーラ退場］

ああ気高いキャシアスよ、わたしはなんと不幸な
偵察役だったことか。わたしが会ったのは味方だったのだよ。
わたしの頭に勝利の冠を載せて、これをあなたに渡すように
言ってくれたのに。あなたはあの歓声を聞かなかったのですか。
ああ、なにからなにまで誤解してしまったのだ。
だが今さら言っても始まらぬ、さあこの花の冠をあなたの頭上に、

あなたの友ブルータスがこれをあなたにと託《ことづ》けた。その託けを
今わたしは果しましょう。さあ早く、ブルータス、
敬愛するケイアス・キャシアスへのわが追悼をどうか目のあたりに。
ああ神々よ、お許し下さい、これがローマ人たるの道、
さ、ティティニアスの心の臓を探れ、キャシアスの剣。　［死ぬ］

ラッパによる戦闘の合図。
ブルータス、メサーラ、青年ケイトー、ストレイトー、ヴォラムニアス、ルーシリアス登場。

ブルータス　どこに、どこにメサーラ、彼の亡骸《なきがら》はどこに。
メサーラ　ほれ向こうに。ティティニアスが泣き伏しています。
ブルータス　ティティニアスの顔は仰向けだぞ。
ケイトー　死んでおります。
ブルータス　ああジューリアス・シーザーよ、なんというお前の力、
霊となってこの世に現れて、われらの剣をわれとわが体の

［遠くラッパによる戦闘の合図］

ああティティニアス、りっぱな男だ。

奥深くに向けさせる。

ケイトー　それ、ご覧下さい、キャシアスの遺骸の頭上はちゃんと冠で飾られておりますぞ。

ブルータス　この二人のようなローマ人がまたといようか。
ああ最後のローマ人キャシアスよ、さらば、
このローマがこの先君に匹敵するような人物を
産み育てることはありえない。諸君、いまは亡きこの友に
わたしはいくら泣いても涙では払いきれぬ負債を負っている。
待ってくれたまえ、なあキャシアスよ、待っていてくれたまえ。
よし、それでは諸君、彼の遺骸をセイソス島に送ってくれ、
陣中の葬儀はふさわしくない、いたずらに
士気を損なうだけだろうから。行くぞルーシリアス、
若いケイトーも、さ、戦場が待っている。
レイビオーとフレイヴィオーに進軍の命令を。

時は夕べの三時、さあローマ人諸君、もうひと勝負を、
夜の落ちるまでわれらの命運を決する大勝負を。

［全員退場］

［第五幕第四場］

ラッパによる戦闘の合図。
ブルータス、メサーラ、青年ケイトー、ルーシリアスほか登場。

ブルータス　勝負はまだだぞ、同胞諸君、さあ勇気を出せ、勇気を。

［退場、メサーラほか続く］

ケイトー　ここで勇気を出さぬ男は犬畜生だ。さ、こっちについて来い。
戦場じゅうに大音声《だいおんじょう》、名を名乗ってやる。
われこそはマーカス・ケイトーの一子《いっし》、
暴君どもの敵、わが祖国の味方。
われこそはマーカス・ケイトーの一子。

兵士たち登場。戦闘。

ルーシリアス　われこそはブルータス、マーカス・ブルータス、
わが祖国の味方、われをブルータスと知れ。
［青年ケイトー殺される］
あ、若武者ケイトー、倒れたか？
ティティニアスに劣らぬなんと雄々しい最期、
あのケイトーの息子として名誉の名を残したぞ。
兵士一　剣を引け、殺すぞ。
ルーシリアス　殺してくれるなら剣を引こう。
早速殺せ、それだけの値打ちのある男だ。ささ、
殺す相手はブルータス、討ち取って手柄にしろ。
兵士一　これは殺せん。みごとな捕虜だぞ。
兵士二　どけどけ、アントニーに報告だ、ブルータスを捕らえた。
兵士一　おれが知らせよう。や、将軍がお出でだ。
アントニー登場。

ブルータスを捕らえましたぞ、将軍、ブルータスを。

アントニー　どこだ？

ルーシリアス　いいやアントニー、ブルータスは無事だとも。
ここではっきり言っておく、あの高潔なブルータスが
生きて敵の手に捕らえられることはありえない。
そのような恥辱から、ああ神々よ、どうかブルータスを護りたまえ。
彼があなたの前に姿を現すときは、生きていようと死んでいようと、
きっとブルータスらしい、いかにもあの人らしい姿でしょう。

アントニー　この男はブルータスではないよ、君、だが彼に劣らぬ
価値ある捕虜だ。大切に扱えよ、
できる限り手厚く遇してやれ。こういう男こそ
敵よりは味方の中にほしいものだ。よし、
ブルータスの生死を確かに見届けよ。
報告はオクテイヴィアスのテントに、
状況細大もらさずに頼む。

［全員退場］

［第五幕第五場］

ブルータス、ダーディニアス、クライタス、ストレイトー、ヴォラムニアス登場。

ブルータス　生き残ったのはこれだけか、さあ。この岩の上で休め。

クライタス　スタティリアスが松明《たいまつ》で合図を送ってくれましたが　その後戻りません。捕虜か、それとも殺されたか。

ブルータス　ま、坐れクライタス、「殺す」「殺される」が今は合言葉、　実際に殺しに手を出すのも流行だな。耳を貸せ、クライタス。

［クライタスに囁《ささや》く］

クライタス　わたしが？　とんでもない、もう絶対に。

ブルータス　しいっ。ではなにも言うな。

クライタス　自殺した方がましです。

ブルータス　耳を貸せ、ダーディニアス。

［ダーディニアスに囁く］

ダーディニアス　どうしてそんなことが。

クライタス　ああ、ダーデイニアス。
ダーデイニアス　ああ、クライタス。
クライタス　とんでもない頼みだったろう、いまのブルータスのは。
ダーデイニアス　殺してくれと。見ろ、じっと考え込んでおいでだ。
クライタス　気高い器《うつわ》は悲しみに溢《あふ》れ、
それが目の縁からこぼれ落ちている。
ブルータス　こっちへ来てくれ、ヴォラムニアス、話がある。
ヴォラムニアス　話とは、どんな?
ブルータス　いいか、ヴォラムニアス。
じつはな、シーザーの亡霊が夜中に二度も
わたしの前に現れた。一度はサーディスで、
そして今度は昨日《きのう》の夜、ここフィリパイの戦場で。
どうやら最期のときが来たらしい。
ヴォラムニアス　ばかをおっしゃいますな。
ブルータス　いや、そのはずだよヴォラムニアス。

いいかヴォラムニアス、天下の形勢を見てみろ、
敵はおれたち獲物を落し穴の縁まで追いつめた。

［遠く戦闘の合図］

踏みとどまって墓穴に追い落とされるのを待つよりは、
みずから飛び込む方が雄々しかろう。なあ、ヴォラムニアス、
お前とは一緒に学校に通った仲だ。
幼なじみのその友情にかけて、どうか聞いてくれ、
この剣の柄《つか》を握っていてくれ、こっちから走り込む。

ヴォラムニアス それは友人のできることではありません。

［なおも戦闘の合図］

クライタス お逃げ下さい将軍、ぐずぐずしているひまはありません。

ブルータス さようなら君、君にも、それからヴォラムニアス、君にも。
ストレイトー、お前はずっと眠っていたな。
お前にもさようならだ、ストレイトー。同胞諸君、
いまわたしの心は喜びに溢れている、生涯をとおして

わたしを裏切った者はわたしのそばにいなかった。
この敗北でわたしは栄光を手に入れる、
この栄光はオクテイヴィアスとマーク・アントニーが
その忌まわしい勝利によってけしてかち得ることのできぬものだ。
それでは諸君一同にもう一度さようならを。ブルータスの舌は
彼の生涯の物語をいよいよ語り終えた。
夜の闇が瞼《まぶた》にかかり、五体が休息を求める、
この一瞬をめざしてひたすらに労し続けてきたこの体。
［攻撃のラッパの音、「逃げろ、逃げろ」の叫び舞台裏］

クライタス　お逃げ下さい、さ、逃げて。

ブルータス　行け、後から行く。

［クライタス、ダーデイニアス、ヴォラムニアス退場］

頼むぞストレイトー、お前は主人のそばにいてくれ。
なあ、皆がお前のことをりっぱな召使だと言っている。
これまでもちゃんと名誉を重んじて生きてきた。

いいな、おれの剣を構えろ、顔をそむけていろ、
おれの方から走って切先に飛び込む。わかったな、ストレイトー。

ストレイトー　まずお手を下さいまし。さらばでございます、旦那さま。

ブルータス　さらばだ、ストレイトー。　［剣に向かって走る］

シーザー、安らかに眠れ。

お前を刺したときに劣らぬ今のわたしのこの安らぎ。　［死ぬ］

ラッパによる戦闘の合図。続いて攻撃停止の合図。
アントニー、オクテイヴィアス、メサーラ、ルーシリアス、及び軍隊登場。

オクテイヴィアス　あの者はだれか？

メサーラ　わが主人の従者。ストレイトー、ご主人はどこに？

ストレイトー　いまのあなたさまの縄目の恥辱から遠く離れた所に。
征服者といえども主人になしうるのはただ火をかけること。
ブルータスに打ち勝ったのはただブルータス自身でした、
ほかのどなたにも彼の死を手柄にできる者はおりません。

ルーシリアス　それでこそブルータス。ブルータスよ、ありがとう、
あなたはこのルーシリアスの言に嘘のないことを証して下さった。
オクテイヴィアス　ブルータスに仕えていた者は皆わたしが召し抱える。
どうだ、お前、この先の一生をわたしに預ける気はないか。
ストレイトー　メサーラがあなたさまに推挙してくれますかどうか。
オクテイヴィアス　メサーラ、推挙を頼む。
メサーラ　　　ご主人の最期はどうだったのか、ストレイトー？
ストレイトー　わたしが剣を握り、主人が走って切先に飛び込んだ。
メサーラ　オクテイヴィアス、こいつをどうか召し抱えてやって下さい。
わが主人に最後の奉公を果した男です。
アントニー　この人こそ彼らすべての中で最も高潔なローマ人であった。
他の反逆者たちは、この人一人を除き、みなみな
大シーザーへの憎悪から反逆の挙に及んだのであった。
いささかの私心も交えず、ひたすら万民の公益を願って
反逆に加わったのはまことに彼一人《いちにん》のみ。

彼の生涯は高潔、その人物たるや性格の調和において
間然するところなく、造化の女神も思わず立って
「これぞ人間」と全世界に宣したであろう。

オクテイヴィアス　彼の美徳にふさわしく彼を遇しよう、
葬儀にいささかも礼に欠けることがあってはならない。
遺骸を安置するはわが幕舎、
武人にふさわしい栄誉の万端。
さ、休戦の号令を全軍にあまねく、
勝利の喜びをみなが等しく。

［全員退場］

終り

シェイクスピア劇を読むために

詩劇としてのシェイクスピア

シェイクスピア劇は詩劇であるとよく言われる。形式面を見ただけでも、現代の劇とは違って、せりふの大部分が改行の詩の形で印刷されている。『ジューリアス・シーザー』だと詩の形つまり韻文の部分が全体の約九三%、散文はわずか七%(シェイクスピア劇全体の平均は七五対二五)。現代のわれわれの目にこれは少々奇異なものに映るのかもしれない。

しかし、演劇史を遡ってみても、舞台で語られることばは日常会話とは次元を異にする高揚した詩的表現によっていた。それは演劇が原初的に神事・祭事を起源としていたことから自然に納得できると思う。滑稽で猥雑な世俗的要素が舞台に加わると、詩的な緊張が弛緩してせりふは日常会話に近接する。ヨーロッパでは、一九世紀の中頃から時代の直面する問題に真剣に対応しようとするリアリズム演劇が力を得た。日本のいわゆる「新劇」もその世界的な流れの中にあったから、演劇といえば、日常会話の写実に基づく散文劇が一般の常識になった。

詩劇ということで、ここで特に付け加えておきたい。シェイクスピア劇の散文は日常の会話を写しているとみせかけて、そのリズムはもちろん、表現の全体が韻文以上に魅惑的な詩として成立している。それは劇作家である以上だれしもが理想として目ざすところだが、その完璧な達成という点でシェイクスピアは古今東西に比較を絶している。とりわけこの『ジューリアス・シーザー』では、第三幕第二場「演説の場」でのブルータスの散文など、次のアントニーの韻文との対比において、リズムといい、スタイルといい、その絶妙に息を飲むほかない。

一方また韻文の表現でも、特定の詩型によりながら、ときあって、大胆奔放に詩型の規律性から離れて、日常の感覚に柔軟適切に即応するだけの天才をシェイクスピアは備えていた。それでこそシェイクスピア劇は、韻文散文の全体をくるめて詩劇と呼ばれるのである。となれば、その翻訳は、まずもって詩劇としてのリズム・表現を伝えるものでなければならない。

ブランク・ヴァースの詩型

シェイクスピアが韻文のせりふに用いたのはブランク・ヴァースと呼ばれる詩型である。日本の詩歌だと五・七とか七・五とか音の数がリズムを構成する。英詩の場合は音節の強と弱の配列がリズムの基準になる。ブランク・ヴァースというのはその配列の基準が弱強調の二音節、それが五回繰り返されて一〇音節の一行になる。この詩型が人の息づかいに最も自然に納まるところから、シェイクスピア時代の韻文のせりふといえばブランク・ヴァースということになった。

シェイクスピアの古版本の印刷でも、韻文はきちんと行分けされている。本訳も、形式面にこだわるようだが、原文の行分けの方針を尊重して、その方針に則って組版印刷を行った。訳者としては、印刷での形式へのこだわり以上に、訳文のリズム・表現の面で、シェイクスピアの詩劇の魅力が少しでも伝えられているようならうれしい。

　形式ということで例を第一幕第三場、シーザー刺殺前夜の雷鳴と稲妻の場から引いてみる。たとえば次のような印刷(三九ページ六―七行目)――

シセロー　出歩くわけにはいかん。
キャスカ　　　　　　じゃ、シセロー。

これは、ブランク・ヴァースの一行が途中で切り上げられて、残りが次の話者に渡されたことを示すためのレイアウトである。ここでシセロー退場、続いてキャシアス登場、

キャシアス　だれだ？
キャスカ　　　　ローマの市民。
キャシアス　　　　　キャスカだな、その声は。

となって、ここでは「渡り」が二回繰り返される。ほかの戯曲の印刷にはみられないこうした特殊なレイアウトは、それぞれのせりふが間《ま》を置かない緊迫したリズムによることを示唆している。

　しかし少し先に進んで、四一ページ一三行目「いま現在の異常事態の。」と、一行置いて一五行

目の「この恐怖の夜そのままの人物、」は、原文では 'Unto some monstrous state.'、'Most like this dreadful night,' とそれぞれが六音節。これは、一〇音節が基準のブランク・ヴァースのリズムの連続の中で、それら「短い行」の後に、音節の不足分(四音節分)に相応する演出的な間《ま》がそれぞれに意図されていることを示している。ただし日本語への翻訳は統語法の異なる二国語間の作業だから、原文の長短をそのまま等量に訳文に移すことは不可能である。翻訳の限界を超えて、さらに正確な情報を必要とする場合は、直接原文を参照していただくほかない。

脚韻について

ブランク・ヴァースのブランクとはなにが「空白」なのかというと、韻文(ヴァース)でありながら脚韻が欠けている。そこで日本語でも「無韻詩」の訳語になった。韻文の行末の音を揃える「脚韻」は、日本の詩歌では遊戯的な技巧にしかみられていないが、中世のヨーロッパでは、それに中国でも、それは詩作に必須の約束であった。その約束を無視したブランク・ヴァースがイギリスで行われるようになったのは、シェイクスピアの半世紀ほど前からである。折からイギリス・ルネサンスの文化的活力が、脚韻の規律性にかかずらわない自由な表現を求めたというような説明もできるかもしれない。ともあれ行末に負担のかからないぶんダイナミックで自在なリズムが可能になる。長篇の叙事詩をはじめ、なによりも舞台の韻文のせりふにもっぱらブランク・ヴァースが用いられるようになったのも当然のことだった。

しかしまた逆に、滔々たるブランク・ヴァースの流れの中に思いがけず取り込まれる脚韻は、それだけ際立った効果になる。作品によっては脚韻が韻文全体の五〇パーセント以上を占める特殊な例もある(本コレクションでは『真夏の夜の夢』が五二パーセント)。『ジューリアス・シーザー』だとそれが一パーセントと極端に少ない。シェイクスピア全戯曲の中で最も少ない。これはこの作品の簡素・剛直な特質を表現の面から示すものだ。その少ない脚韻の中から、大詰の第五幕第五場、オクテイヴィアスの納めのせりふ最後の四行を引いておく(カプレット[二行連句]が二連、前の連の lie [lai] / (honoura-) bly [bli] は不完全韻)——

Within my tent his bones tonight shall lie,
Most like a soldier, ordered honourably.
So call the field to rest, and let's away
To part the glories of this happy day.

なお訳では「わが幕舎」「栄誉の万端」の体言止めと、「あまねく」「等しく」の押韻を試みてあるが、他の作品の訳も含めて、すべての脚韻にこうした工夫が行きわたっているわけではない。無理に試みたとしても二言語間の表現体系の違いから珍妙な結果に終ってしまうだろう。これは訳者としての念のための言い訳である。

ト書と幕・場割り

シェイクスピアの古版本では、これまた現代の戯曲と違って、ト書がきわめて少量、禁欲的なのが常態である。一八世紀以降代々の編纂者たちがその少量を補う多様なト書を付け加えてきたが、それぞれの時代の演出法や舞台事情ということもあり、必ずしも適切なト書ばかりではない。従来の翻訳は、その点に無批判のまま、慣行に怠惰に引きずられてきた憾みがあった。本訳では、古版本のト書も含めてそれらをいちいち吟味して、場合によっては本訳者独自のものも加えて、必要最小限のト書に整備した。必要最小限とは、読者の自由な想像力を束縛することのない、あるいは舞台演出の領域を侵犯することのない、というほどの意味である。具体的なト書の編纂の例は次項でまたふれる。

第一幕第一場など幕・場割りの表示も作者の意図に基づくものではなかったろう。古版本では作品によってまちまちで、不完全な作品も多く、中には幕・場割りの一切ない作品もある。『ジューリアス・シーザー』は第一幕第一場の指示のあと場割りはなく、第二幕から第五幕までの幕割りだけ。ともあれこうした不統一を現行の形に整理整頓したのは、一八世紀初頭の編纂者ニコラス・ロウである。

だがシェイクスピア時代の劇場には、引幕にしろ緞帳にしろ、幕というものがなかった。背景もほとんど飾られることのない裸の舞台だった。この『ジューリアス・シーザー』についても、たとえば第四幕の幕割りはむしろ舞台のリズムを阻害するものだ。歴史的事実による時間的区切りはあるとしても、舞台のリズムは、時間の感覚も、そして場所の感覚も、第三幕（第三場）から第四幕へと連続して切れ目なく流れている。もう一つ例を挙げれば第四幕第二場と第三場の場割り、これは一八世紀の編纂者（アレグザンダー・ポープ）によるもので、ブルータスのテントの「外」と「内」という書割り的な区別がせっかくの場の連続性、流動性を非舞台的に断ち切ってしまった。

　しかしそれらの不都合にもかかわらず、本訳が全篇を通して慣行の幕・場割りを不本意ながら記入することにしたのは、それが三世紀以上にわたって文学的・演劇的常識となって定着してきているから。（この解説の小文にしてから幕・場の指定に頼らざるをえなかった。）奇数ページ上欄柱の表示ももっぱら参照の便のためである。

　それと、各場の初めに場所の説明を加えるのも一八世紀以来の慣行。たとえば『ジューリアス・シーザー』では「第一幕第一場、ローマの街頭」のような。しかしそうした説明もまた、シェイクスピア劇の場合、無益どころか編纂者による有害な介入というべきである。各場の場所の感覚は、舞台の進行に応じて観客の想像の中に醸成される、あるいはほとんど醸成されることなく舞台は進行する。本訳が場所の説明を一切廃したのはそのためである。読者はひとりひとりが演出家になったつもりで、あるいは俳優になったつもりで、自由な想像を楽しんで、本訳を読み進めていただきたい。

登場人物表

これはシェイクスピアだけのことではなく、戯曲では、その冒頭に読者の便宜のため登場人物のリストを付するのが一般である。本訳もこれに倣《なら》って冒頭に登場人物の一覧を加えた。これも一八世紀以来のシェイクスピア編纂の慣行。ただし、古版本（最初の戯曲全集）の一部作品の末尾にこうしたリストが見られるが、それはページの余白の埋め草代りの印刷で、シェイクスピアの責任によるものではありえない。人物名の配列については、身分・肩書順にするとか、女性名を最後に回すとか、一八世紀以来の慣行があるが、近年の版では編纂者それぞれの方針による配列になった。本訳の配列ももちろん本訳者のもの。人物の説明も本訳者による。またリストの最後に戯曲全体の場所の表示を加える慣行が一八世紀以来近年に引き継がれてきているが、当然本訳ではこれが廃されている。

『ジューリアス・シーザー』のテキスト

シェイクスピアの古版本

シェイクスピアの作品は、詩作品を含めて、原稿は一切残っていない。なにしろ四世紀以上もの昔のことだし、特に劇作品など舞台上演のための台本にすぎなかったわけだから、原稿の湮滅も無理からぬことだった。

それでは「作品」はどこにあるのかというと、シェイクスピアの時代に出版された古版本の中にある。その代表が、シェイクスピアの没後七年の一六二三年に出版されたシェイクスピア最初の戯曲全集で、一般に「第一・二つ折本」と呼ばれる。二つ折本(folio)は当時の印刷用全紙を二つに折った大きさの大型の版である。その「第一・二つ折本」(F1と略記)に『ジューリアス・シーザー』をはじめ三六篇の戯曲が収録された。

なお単行本による出版もシェイクスピアの生前から行われていた。当時の戯曲単行本は印刷用全紙の二つ折をもう一度折って四つ折にした中型の四つ折本(quarto)が通常である。F1収録の三六篇のうち半数の一八篇が単行本の形でF1以前に出版されているが、『ジューリアス・シーザー』にはそうした出版はない。

念のため付け加えると、F1には含まれていない四つ折本の戯曲がほかにもう一篇あり、これを加えてシェイクスピアの戯曲数は三七とされてきたが、近年はさらに二篇を加える動きが強くなってきている。

『ジューリアス・シーザー』の編纂

グーテンベルクのいわゆる「四十二行聖書」の出版がドイツのマインツ、一四五五年。それから二〇年ほどでウィリアム・キャクストンが当時ロンドン市南西の郊外ウェストミンスターに活版印刷所を開いた。その後シェイクスピアの時代まで一世紀以上、折からイギリス・ルネサンスの盛んな文運とともに出版・印刷業も発展をみたが、その作業の質ということになると、やはり一七世紀初頭の手工業の限界はいかんともし難かった。だいいち英語の正字法の歴史からみて、綴り字がまだ固定化から遠い不安定な時代である。そこで当然、活版初期の粗雑な印刷状態からシェイクスピアの「作品」を救い上げようとする編纂の営みが、その時代時代の文学的、知的想像力を結集する形で、四世紀にわたって営々と続けられることになった。

「第一・二つ折本」収録の『ジューリアス・シーザー』の本文は、シェイクスピア戯曲の中で最良の印刷状態とされるが、それでもいざ編纂となると、他の戯曲と同様、あるいは他の戯曲以上に、細かな問題がどこまでも続いて際限がない。長い編纂の歴史を通して、『ジューリアス・シーザー』のテキストですべて同一という編纂はありえないのである。それは人間の顔が、同じ顔といっても、それぞれが微妙に異なるのと同様である。本訳は、本訳者の責任において編纂されたテキストによって行われた。従来のシェイクスピアの翻訳は、きついことを言うようだが、英米の諸学者編纂のテキストに安易に寄りかかったまま、それらを適当に取捨選択することでよしとしてきた。

ト書きの例から

問題は語句の読みだけではない。もちろん句読点も問題になる。また韻文での行分けの問題。F1では短い行はただ左詰めに印刷されているだけだから、それを「渡り」に組み込んでブランク・ヴァースの流れの中に同化させるか、あるいは「短い行」のままにしてその前後に間《ま》を想定するか、その判断はもっぱら編纂者の責任にゆだねられる。版によって「渡り」の印刷が異なるのはそのため。そうした際限のない問題の連続の中から、ここでは特にト書の編纂の一例を挙げてみる。第一幕第二場の冒頭、ルペルクスの祭りの日、シーザーが競争の身支度をしたアントニーをはじめ、キャルパーニア、ブルータス、キャシアスなどを引き連れて登場する。予言者もいる。F1のト書は、それらの登場の後に、マレラスとフレイヴィアスの二人の護民官の登場を加えていた。この二人は、前の第一幕第一場で、晴着を着込んでシーザーの凱旋を出迎えようとする職人たちを仕事に戻るよう叱りつけたばかりである。その二人がなんでこの場に登場しなくてはならないのか。しかも二人にはせりふは一切与えられていない。明らかにここには不要の二人のはずである。

編纂史から言うと、一八世紀のルイス・ティボルドがこの二人をト書から除き、その後一九世紀を代表するグローブ版も同様の編纂を行った。日本ではグローブ版が長く権威をもっていたから、坪内逍遙訳も、中野好夫訳も、二人の登場はト書から除かれている。それが二〇世紀に入って、F1のト書を尊重する編纂が主流になった。これを受けて、たとえば福田恆存訳、木下順二訳がこの二人をト書に加えた。彼らはいわばシーザーの専横への反対を象徴する人物である。彼らをここに登場させることで、前場からの流れが明確になるのかもしれない。人物配置のバランスの点からもあるいは望ましい演出になるか。近年の版(デイヴィッド・ダニエル、一九九八)は「二人の沈黙は(シーザーに対する)軽蔑の表れになるだろう」と注記した。

だが本訳者はこの編纂に同じることができない。もしもここでの二人の登場がシェイクスピアの意図だったとすれば、二人のためのなんらかの演技が書き込まれているはずである。わざわざ「沈黙」のための登場はないと思う。少なくとも[傍白]のせりふぐらいはあってしかるべきだ。一九七二年のロイヤル・シェイクスピア劇団の舞台(トレヴァー・ナン演出)では二人は逮捕された状態で登場したというが、それは、シーザーたちが退場したあとのキャスカのせりふ、「マレラスとフレイヴィアスがシーザーの像から飾りの肩帯を剝《は》ぎ取った罪でばっさりだよ」(二三ページ一四—一五行目)に悪乗りしたあざと過ぎる演出だと思う。材源となったプルタークの「ジューリアス・

シーザー伝」には二人がシーザーから護民官職を奪われた挿話が出てくるが、キャスカのいまのせりふ自体、「そうだ、もう一つ知らせることがあった」の前置きのとおりあくまでも伝聞の報告の意味合いになっていて、やはりここでの二人の登場が無理な流れであることがわかる。

それではF1のト書での二人の登場の指示はどのように説明されるのか。ここは編纂の委細に立ち入る場ではないのでごくごく簡単な説明ですませると、二人は護民官としてここに登場するのではないというのが本訳者の立場である。マレラスもフレイヴィアスもここでは役名ではなく、前場でその役を受け持った人物としてあらたな役を担って登場するが、その役は名のない群衆、いわば「その他大勢」の代表ということで、表示が前場の役名になった。こうしたいくつもの役の兼担は、特に端役の場合では舞台の常識であるだろう。前の第一場からのとっさの変化もその他大勢というのなら無理なことではない。本訳がここのト書の最後を「……群衆続く。群衆の中に予言者。」としたのはそのような次第から。

この編纂は、F1の『ジューリアス・シーザー』の印刷に用いられた原稿(印刷所原本)が上演台本の系統であったことを強く示唆する。作者の草稿の系統であれば、役名を転用することなどはありえない。ここでの印刷所原本には確実に舞台関係者の筆の介入があるはずである。そもそもがシェイクスピアのテキスト編纂は、まず底本とすべき古版本の選定からはじまる。併せてその古版本に用いられた印刷所原本の性格の推定が必須になる。シェイクスピアの草稿、清書原稿(筆耕による介入がありうる)、上演台本(舞台監督による介入がありうる)、などなど、それも成立に多様な段階があり、たとえば同じ上演台本と言っても、作者の清書原稿の予備的上演台本化、舞台監督による上演台本用の清書、検閲済上演台本の転写、等々が入り乱れて、ただ「上演台本」というふうに単純にひと括りにすることはできない。いまも「上演台本系統」というような曖昧な言い方をしたのはそのためである。以上を編纂の錯綜のほんの一例に、その他それこそ際限なく続く編纂上の問題点は、本訳者による「対訳・注解　研究社シェイクスピア選集」第六巻『ジューリアス・シーザー』にひととおり解説してある。志ある読者はこの先ぜひ同書を参照していただきたいと思う。

改訂説について

テキストの問題ではもう一つ、シェイクスピアによる改訂説に短くふれておきたい。第四幕第三場、ブルータスとキャシアスの激しい口論のあと、ブルータスはキャシアスに妻ポーシャの自殺をはじめて打ち明ける。「君をあんなに怒らせて、よく殺されなかったものだ」（一五四ページ三行目）とキャシアスは言う。「ポーシャのことはもういい。酒をくれ。この杯《さかずき》の中に一切の行き違いを葬り去ろう」（一五五ページ一―二行目）とブルータスはキャシアスと和解の酒を酌み交わす。ところがそのすぐあとで、ブルータスはメサーラからポーシャの死の知らせを受けてそれをはじめて知ったかのように振舞う（一五六ページ一四行目―一五七ページ一五行目）。相矛盾するこの二重の言及を説明するために、シェイクスピアによる改訂説が起った。最初の稿では妻の死の知らせを毅然として受け止めるブルータスの描写だったが、それでは妻への愛情の表現が酷薄すぎると思い直して、シェイクスピアはあらたにキャシアスへの悲痛な告白を書き加えた。ところが、メサーラの知らせの個所を抹消し忘れて、あるいは抹消の指示が不十分だったため、F1の植字工は両方とも組んでしまった(この推論だとF1の印刷所原本は基本的にシェイクスピアの「草稿系統」ということになる)。二〇世紀中葉の有力な二つの版は、ともに問題の個所をカギ括弧で囲んで編纂した。

だが、その一方で、ここをブルータスの「演技」として解釈することも可能である。ブルータスはここで精一杯情熱的に、それともきわめて冷静に、すでにポーシャの死の知らせを悲痛に分け持っているキャシアスを前に、今度は自分自身の悲痛をストイックに耐え忍ぶ演技をしている。あるいはそういう演技を試みながら妻の死をなんとか納得の中に取り込もうとしている。そういう演出なり演技なりは、この第四幕第三場の長丁場に新しい複雑な魅力を付け加えることになるだろう。以上の観点から、本訳者はポーシャの死の二重の言及をシェイクスピアの真正な筆としてテキストを編纂し、訳を行った。『ジューリアス・シーザー』だけのことではなく、シェイクスピアの翻訳はこうした細かな問題への対応の連続なのである。

シェイクスピアのプルターク

なにごとにつけ知力旺盛、その知的咀嚼力は貪婪な怪物じみたシェイクスピアだが、彼が怪物の目で愛読したであろう数多くの書物の中でも、その劇作の最も重要な材料となった一冊が、日本での通称『プルターク英雄伝』である。これが『ジューリアス・シーザー』の直接の材源になった。

プルタークは紀元一世紀から二世紀にかけて、ローマ時代に活躍した古代ギリシャの文筆家である。ギリシャ語名でプルタルコス、富裕な名門の出で、それにふさわしい教育を受け、諸家と交わり、エジプトから小アジアも含めて諸所を旅行し、ローマ皇帝の知遇を得て要職に時めいた。執筆活動は老齢に至るまで精力的に続けられ、今日に伝わるのは厖大な著述の三分の一ほどに過ぎないという。

主著とされるのは二。一つは『倫理論集』の名で集められた雑多なエッセー集である。豊富な教養と適度な通俗性からルネサンスの知識人に愛読された。いま一つが伝記集（『プルターク英雄伝』）、集められたのは全部で五〇伝、冒頭にギリシャの伝説的英雄テーセウス（『真夏の夜の夢』のシーシアス）とローマの神話的建国者ロームルスの伝が並べられ、さらに両人の性格・業績を比較する項が加えられている。この例のように、ギリシャ、ローマのそれぞれ同類の人物を対にして比較を試みるという形から、『対比列伝』（ギリシャ語でBioi Parallēloi）がこの伝記集の正式の通称になった。ただし対の選び方に牽強付会の気味があり、対の数も二三、つまり四六伝で終っている。「比較」の項を欠いた対もある。それにプルタークの伝記の理念というか、テーセウスとロームルスのような神話・伝説上の人物を取り上げているあたり、今日の目から見れば通俗的、非学問的の譏《そし》りは免れないだろう。プルターク自身これは歴史書ではなく人間中心の伝記であると断っているが、そもそも「比較」という発想にしてから、その教訓性が修身的次元に堕しがちである。日本最初の翻訳者（河野與一、岩波文庫）は、「いかにも人柄のよさそうなおしゃべりのお爺さんで安心して親しめる相手」とプルタークを評していた。

しかしまたその人間味と通俗性が、「比較」にみられる修身的な道徳性と相俟って、『倫理論集』どころではなくルネサンス期のヨーロッパにおけるプルタークの名声を確立することになった。エラスムスの、「最も学識ある」というプルタークへの形容辞《エピテート》は、その雑学への驚嘆によるものとして多少割引きして受け取らなくてはならないにせよ。当然イタリア語、スペイン語をはじめ各国語への翻訳が現れた。とりわけジャック・アミヨのフランス語訳（一五五九。『倫理論集』訳は一五七二）が名訳の誉れが高い。モンテーニュはアミヨによってプルタークがフランス語になったと賞讃し、サント・ブーヴはこれを一六世紀フランス語散文の精華と推賞した。アミヨの『対比列伝』

はただちにイギリスに渡り、トマス・ノースによって英語に重訳される。出版は一五七九年。これがシェイクスピアの愛読書になった。ノースはシェイクスピアより四〇年ほど年長で、ケンブリッジを出て法学院に学んだ。一五九一年に勲爵士に叙せられ、晩年はケンブリッジシャーの治安判事を務めた。『対比列伝』の前にもすでにいくつかの訳書があったが、なんといっても『対比列伝』が彼の最も誇りとする業績だったろう。先行のアミヨほどの学識は彼に望むべくもなかったにせよ、サント・ブーヴを三嘆させたアミヨのフランス語散文を純朴な英語に移し変えて、翻訳書ブームのシェイクスピア時代でも最も影響力のある一冊になった。

シェイクスピアとノース訳との関係を想像していくと、こちらは凡の身ながら天才の仕事場に立ち合っているような、ある種の「快感」を覚える。彼がノース訳を劇作の材料に意識したのは、まず『真夏の夜の夢』の執筆時のあたりだったろう。ノース訳冒頭の「シーシアス伝」から彼はこの「アテネの支配者」について多少の知識を仕入れたかもしれない。それから五年ほどして、推定の創作年代で言えば一五九九年前半の『ヘンリー五世』。その第四幕第七場には、忠義の饒舌が滑稽に空回りするウェールズ人隊長がヘンリー王とアレグザンダー大王とを意気揚々比較する描写が出てくる。ここでシェイクスピアは、おそらく確実に、プルタークの「比較」の方法をパロディとして意識していただろう。そして、「アレグザンダー伝」の対となっているのが、ほかならぬ「ジューリアス・シーザー伝」だった。シェイクスピアは早速ノース訳のページをもどかしく繰りながら、怪物の目を輝かせて「マーカス・ブルータス伝」「マーカス・アントーニアス伝」

へと紙背に徹する読みを進めたことだろう。探索の目はさらに「マーカス・タリアス・シセロー伝」にも及んだはずである。おしゃべりなこの雑学の大家の描写のディテールは通俗に流れて少々締りがない。その締りのないぶんまた劇作の可能性が大きくふくらんで果てしない。ロンドンの劇壇へのデビューから十年ほどをへて、『ヘンリー五世』でイングランドの歴史劇のサイクルをひとまず書き終えたシェイクスピアの目の前に、いま、ローマの政治の奔流の中の人物たちが、それぞれの行動の裏の裏にあらたな探索の興味を底知れずに湛えて立ち現われた。じっさい『ジューリアス・シーザー』の創作年代推定は、材源であるノースのプルタークの面からだけのことでなく、同時代の言及などさまざまな面をすべて綜合して、『ヘンリー五世』の直後のあたりにぴったりと定まって動くことがない。

ただし、ここでノースのプルタークに拠ったシェイクスピアは、それが提供する材料を適宜取捨選択して劇化したというのではもちろんない。他の戯曲の場合と同じく、材料はすべて貪婪に咀嚼され、消化され、シェイクスピアの劇作の総体の中に同化されて、おもむろに新しい作品として「創作」される。その創作の例をとりあえず挙げるとすれば、時の経過の劇的な操作。劇の冒頭第一幕第一場のフレイヴィアスとマレラスの一件は、プルタークの「ジューリアス・シーザー伝」では第一幕第二場のルペルクスの祭日後の小さな挿話である。次の第三場は、第二場との間に一か月の時間的経過があるところを、シェイクスピアは委細構わず劇のアクションを一気に進行させた。第三幕第二場のブルータスとアントニーの演説にしても、プルタークでの別々の説明、それもごくごく平凡簡単な説明を、一瞬のひらめきで即座に結び合わせたシェイクスピアの「創作」の成果である。その他第五幕の戦闘での時間そして事件の創作的な操作など、挙げていけばそれこそ切りがない。しかしここでは、すぐに目につくであろうそうした大技だけではなく、最後に一つほんの小さな小技の例を見ておきたい。シェイクスピアは大技に次ぐ大技の豪胆で巨大な劇作家のようにみえて、その一方ほんの小技の隅々にまで繊細な目の届く技巧派中の技巧派だった。繊細あってこその大胆。シェイクスピアのいわゆる材源研究は、常に繊細と大胆の組合せへの感嘆に終らざるをえない。

それは第四幕第三場ブルータスとキャシアスの口論の場、この場の全体は第三幕第二場の演説の場以上にみごとな見せ場になっている。シェイクスピアが最も力を注いだのはじつはこの場だったろうと思わせるほど。さて、二人の口論の天幕に、警護の将校たちの制止を振り切って詩人が登場する。ノースの「マーカス・ブルータス伝」では、この人物は哲学者気取りの奇矯な男で、一応名前も示されている。その男が口論する二人を諫めようと、『イリアッド』の中でネスターがアガメムノンとアキリーズを諫めるせりふ(第一巻二五九行目)をわざとふざけた調子でここで唱えてみせるのである。これにはキャシアスも笑い出し、一方のブルータスは男を天幕から追い出して、ともあれ男の闖入によって二人の争いは終結することになる。ノースは『イリアッド』からの引用をカプレットに訳しているが、シェイクスピアはその自称哲学者をへぼ詩人に変えた上で、ノース訳のカプレットをさらに滑稽なドガレル(へぼ詩)に訳し直した。(この翻訳では古めかしい二行連句にしてある［二五二ページ九―一〇行目］）。

だがここで重要なのはただ滑稽化ということだけなのではないと思う。もっと重要なのは詩人が二人の和解のあとでのこのこ登場してくるということだ。口論はもう終っている。詩人の唱える滑稽なへぼ詩の二行は、いま終ったばかりの二人の口論のばかばかしさを、二人の感動的な和解のそらぞらしさを、異化の笑いとともに残酷に照射する。これは現代の不条理劇に通じるであろう笑いである。こうした異化の相対性、あるいは残酷な不条理性は、ここでのブルータスやキャシアスだけのことではなく、タイトルのジューリアス・シーザーはもとより、この劇の人物のすべて、舞台の事件のすべてに及んでいる。

『ジューリアス・シーザー』の創作からさらに数年後、シェイクスピアはもう一度ノースのプルタークに怪物の目を光らせた。『アントニーとクレオパトラ』『コリオレイナス』の二篇のローマ劇がその成果である。『アテネのタイモン』も小さな一つに数えられるかもしれない。ノースはもはやその表現の末の末に至るまで徹底的にしゃぶり尽され、たとえば『アントニーとクレオパトラ』第二幕第二場、アントニーの魂を蕩《とろ》けさせたクレオパトラの有名な描写など、ノースの字句がそのまま動員されて、しかも動員された字句が今度は観客を蕩《とろ》けさせる絢爛の詩に奇蹟的に変貌している。そのあまりのみごとさに二〇世紀のT・S・エリオットは嫉妬心を刺戟され、『荒地』の「チェス遊び」でパロディ化を試みざるをえないほどだった、シェイクスピヒーア的などと恥じらいながら。

この「研究社シェイクスピア・コレクション」シリーズ（全十巻）は、『対訳・注解　研究社シェイクスピア選集』全十巻（二〇〇四―二〇〇九年刊）の訳の部分を抜き出して、再編したものです。各巻とも新しい解説を加えました。

本書の一部には、今日の価値観や社会情勢に照らして、不当、不適切と思われる表現があります。これは、作品の性質、時代背景を考慮し、原文の忠実な再現を心がけた結果であることをご了承ください。

《訳者紹介》

大場建治（おおば　けんじ）

1931年生まれ。明治学院大学名誉教授・演劇評論家。著書に、『ロンドンの劇場』（研究社）、『シェイクスピアへの招待』（東書選書）、『エドマンド・キーン伝』（晶文社）、『シェイクスピアの贋作』（岩波書店）、『シェイクスピアを観る』（岩波新書）、『シェイクスピアの墓を暴く女』（集英社新書）、『シェイクスピアの翻訳』（研究社）など、ほかに戯曲の翻訳等多数。

KENKYUSHA

〈検印省略〉

研究社シェイクスピア・コレクション 6
ジューリアス・シーザー

二〇一〇年九月二三日　初版発行

著者　大《おお》場《ば》建《けん》治《じ》
発行者　関戸雅男
発行所　株式会社　研究社
〒一〇二―八一五二
東京都千代田区富士見二―一一―三
電話　（編集）〇三―三二八八―七七一一
（営業）〇三―三二八八―七七七七
振替　〇〇一五〇―九―二六七一〇
http://www.kenkyusha.co.jp/
装丁　金子泰明
印刷所　研究社印刷株式会社

ISBN 978-4-327-18026-3　C0398
Printed in Japan